Cover Illustration by リウイチ

Character

ノア

オッドマンに導かれる形で異形のサーカスに身を置くことになった人間の少女。感情を表に出すことが苦手だが、優しい心の持ち主。

オッドマン

“闇”に潜む異形のヒト。「異形のサーカス」を立ち上げ、団長を務めている。闇の中に迷い込んだノアをサーカスに導いた。

アルフォンス

つぶらな瞳が愛らしい異形のヒトで、愛称は“アル”。サーカスでは玉乗りを担当している。ジャックとは「喧嘩するほど仲が良い」関係。

ジャック

段ボールの頭を持った異形のヒト。新米団員で頑張り屋だが、空回りしてしまうことも……。優しいノアに心惹かれている様子。

レベッカ

猛獣使いの異形のヒトで元、男性。明るく優しいが、怒ると怖い一面も。オッドマンを心から慕っている。相棒の虎の名前はシュガー（♀）。

ジャスミン

人形の体をした異形のヒト。サーカスでは空中ブランコを担当している。過去の出来事から「人間が大嫌い」と公言していたが……。

ビリー

いつもニタニタ笑っている異形のヒト。サーカスではナイフ投げを担当している。誰かをからかったり怖がらせたりするのが大好き。

Mr. マッシュ

長い年月を生きている、物知りで穏やかな異形のヒト。孫たちとサーカスの団員を務める傍らで、“闇”についての研究を続けている。

アンジェレッタ

心優しい盲目の歌姫。地中を泳いで移動できる。ダイゴとは恋仲。

ダイゴ

火吹き芸を披露している異形のヒト。アンジェレッタとは恋仲。

ロベルティ

サーカスでは道化師を務めている異形のヒト。言動は胡散臭く、謎めいている。オッドマンとは旧知の仲。

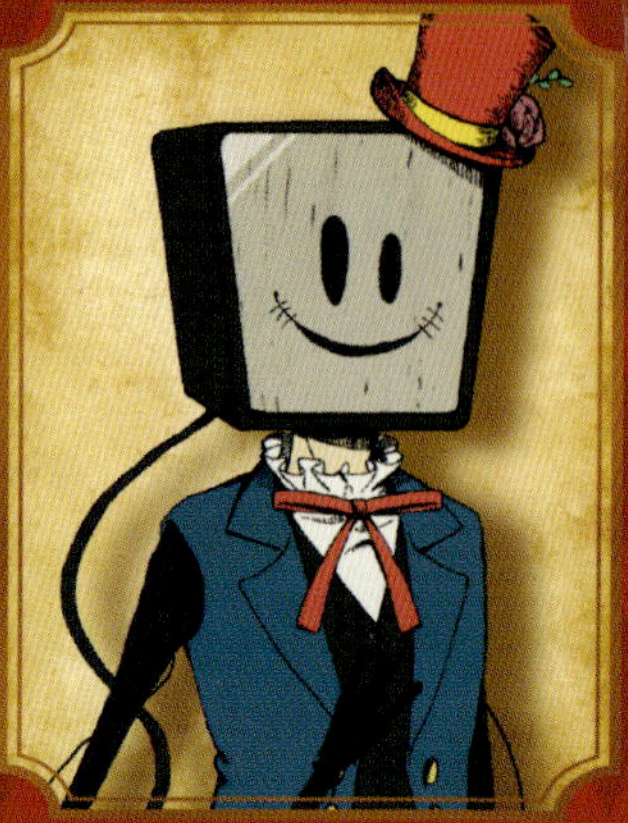

オスカー

テレビ頭をした異形のヒトで、サーカスではマジシャンを務める。紳士的だが、豪快で明るい性格。

客人

異形のサーカスにやってくる“客人”たち。
彼らを喜ばせると幸福が訪れると言われている。

笑わない少女と異形のサーカス
Lost Heart and Strange Circus
原作・株式会社SEEC
著・狐塚冬里
イラスト・リウイチ
PHP

Lost Heart and Strange Circus

プロローグ

笑わない少女の紡ぐ夢

Lost Heart and Strange Circus

それはとても、とても月の美しい夜のことだった。

うっかりすると聞き逃してしまうような控えめなノックの音に、オッドマンは紙の上を走らせていたペンを止める。異形《いぎょう》の身であるが故《ゆえ》に、聞き間違いでないことはわかっていた。薄い扉の向こうに立っているのが、誰であるのかも。

「……お入り」

返事の代わりに、扉がゆっくりと開く。隙間から、長いミルクティー色の髪が覗《のぞ》いた。扉に手をかけ、そっと開いてやると、ようやく彼女は部屋に足を踏み入れる。

「夜遅くにごめんなさい」

顔色を窺うように大きな瞳で見上げられ、首を傾げた。

昼や夜といった時間は所詮《しょせん》人間の定めたもの。異形のヒトであるオッドマンにとってはあまり意味をなさない。

けれど、それを言ったところで人間の少女――ノアにはわからないだろう。

人でありながら、ノアがこの『異形のサーカス』で暮らすようになって、幾月かの時が過ぎた。オッドマン自身がそのきっかけを作ったに等しいため、彼女がここに来てからの日数は忘れないようにしている。時間というものが人間にとってどれほど大切なものか、知っていたからだ。

子供が大人になるほどの時間ではないが、子供の心に何かしらの変化が起こるには十分な時間を、ノアはここで過ごしていた。

いつもなら眠っているはずの時間。わざわざ訪ねて来たというのに、ノアは扉の前に立ったまま自分の足元を見つめている。何かを伝えたいのかもしれないが、オッドマンに心の中を覗く力はなかった。

「何かあった？」

わからない、とそのまま問いかけたが、ノアは首を横に振るだけで何も言わない。俯《うつむ》いているせいでその顔は半分以上も赤いマフラーの中に埋もれてしまっており、表情も見えなかった。

このまま見つめているだけでは、夜が終わってしまう。

オッドマンはそれでもかまわなかったが、ノアのことを考えるとそうもいかない。

人間には、眠りが必要だ。

「……おいで、ノア」

ノアを部屋の奥まで招き入れ、柔らかい布を張った長椅子をすすめる。ノアは室内をそろそろと見回してから、腰を下ろした。座り心地はいいはずだが、あまり落ち着いているようには見えない。室内の照明が、人間には少し暗いのかもしれない。

明かりをひとつ増やしてやると、ノアが少し緊張を解いたようだった。

初めてこの部屋を訪れたわけでもないのに、不思議なものだ。

幾分《いくぶん》強《こわ》ばりは解《と》けたものの、ノアの唇は固く引き結ばれていて言葉を生み出しそうにもなかった。

何か、この口を緩めるための物がいる。

どうすればと考えた時に思い浮かんだのは、このサーカスを賑やかす団員たちの顔だった。

まだ団員としては新人にあたるジャックならば、ノアとも距離が近いので気楽に話せるかもしれない。

あるいは小さな人形であるジャスミン。彼女は人間嫌いだと自分では言っているが、実のところそんなことはない。

意外なところでビリーはどうだろう。ノアを驚かせることばかり言ってはいるが、あれでノアのことは気に入っているようだ。

話し上手ということなら、レベッカをおいて他にはいないだろう。きっと、ふたりで話に夢中になっているうちになんでも話してしまうに違いない。

またはアルフォンス。彼の柔らかな毛並みをノアはいたく気に入っている。そばにいるだけでも心が安らぎ、口も軽くなるだろう。

ノアが話したくなるまで待つというのなら、アンジェレッタもいいかもしれない。彼女はとても気が長いし、聞き上手でもある。

待つ時間がもっと長くなりそうなら、オスカーが適任だ。紳士な彼なら、待たせているという気を使わせることもないだろう。

もし難しい相談事なら、Mr《ミスター》・マッシュがいい。彼の博識さにはいつも驚かされる。きっと、ノアの悩みにも適切な答えを見つけてくれる。

それとも、何も話したくはないのか。

それなら、ダイゴほど向いている男はいない。物静かな彼には、人を落ち着かせる力がある。

こんなにも個性あふれる団員たちをもってしても力不足だとしたら、残すはロベルティか。彼は何を考えているのか底知れないところがあるが、逆にそれが相談相手としては向いていることもあるのかもしれない。

そうやって団員全員の顔をひとりひとり思い浮かべている間、ノアはじっとオッドマンを見つめていた。まるで、一番の話し相手はあなたしかいないとでも言うように。

残念なことにオッドマンがその気持ちを理解することはなかったが、幸いにもこの場には彼しかいなかった。他の団員を呼ぶには、夜もだいぶ更《ふ》けている。必ずしも必要でないとはいえ、異形の者たちも眠らないわけではない。

思考が振り出しに戻ったところで、オッドマンはある光景を思い出した。

いつだったか、オスカーがノアに飲み物を振る舞っていたことがある。あの時、ノアはとても和らいだ表情を浮かべており、話も弾んでいるようだった。

今、同じ飲み物を振る舞ってみてはどうだろうか。

それはとてもいい考えのように思えた。

そわそわと辺りを見回しているノアに背を向け、手早く飲み物の準備を整える。温めたミルクでその茶色い粉を溶くと、すぐにカップから甘い香りが立ち上った。

「……ココア？」

どうやら、香りで気づいたらしい。

「そうだよ。お飲み」

湯気の立つカップを差し出すと彼女は両手でそれを受け取り、ほうと吐息をついた。頬《ほお》の辺りには、柔らかい笑みが浮かんでいる。

「……ありがとう」

何度かカップに口をつけたあと、「おいしい」という呟きが聞こえた。それはよかった、と心の中でだけ返事をし、ノアの座る長椅子の前に椅子を引いてきて腰を下ろす。

そのまま何も言わずにいると、ノアのほうからぽつぽつと話し始めた。

「……お昼にね、ジャックとアルフォンスがふたりで何かを話していたの」

何かを、ということはノアはその内容までは知らないことになる。けれど、こうして話題に出すのだから、気になってはいるのだろう。

「なんの話か教えてもらえなかったのかい？」

「ううん……。わたしが聞かなかっただけ」

どうして聞かなかったのかと考えている間に、ノアが続けた。

「内緒話みたいだったから、聞かないほうがいいと思って」

ノアなりに、気を使ったということだろう。それなら何故、この話を持ち出したのか。

ノアはココアの入っているカップを、一心に見つめている。そこに、答えがあるかのように。

「そうだね。もしふたりが秘密の話をしていたのだったら、聞かれたくはなかったかもしれない」

「……うん」

会話はそこで途切れた。何か返答を間違えただろうかと考えても、オッドマンには正しい答えはわからない。

シェラくらい長い時間を共に過ごした相手なら、わかっただろうか。

ノアに懐かしい人の面影《おもかげ》を重ねていると、ノアが急に顔を上げた。何かを決心したように眉がきりりとつり上がっている。

けれど一向に何も言おうとしないので、オッドマンのほうが先に口を開いた。

「どうかした？」

「わたし……本当は聞きたかったの」

「……ジャックとアルフォンスの話だね？」

「そう。……なんの話をしてるの？　って聞いて、仲間に入れてほしかったんだと思う。でも……」

「言わなかった」

こくり、とノアが小さな頭を上下させた。

「……あのふたりなら、きっと君を仲間に入れてくれたと思うよ」

「……うん。でも……せっかく仲間に入れてもらえても、なんの話かわからなかったらどうしようって思ったの」

どういう意味だろう、と首を傾げる。その仕草を真似るように、ノアも小さく首を傾けた。

「せっかく話してくれても、わたしがわからないと言ったらきっとふたりを困らせてしまうから」

「そうかな？」

「……うん」

あのふたりなら、ノアと話せるだけで楽しいと思うだろうに。そうは思っても、オッドマンは彼らではない。推測で勝手なことも言えず、黙るに留めた。

人間との会話は難しいと、いつの時も思う。

白か黒かとはっきりした話をしていたかと思うと、白いものを黒いと言ったり、グレイのほうがいいと言い出す。異形のヒトにも気まぐれな者は多いので、それだけなら問題はなかった。けれど、そのひとつひとつに『感情』というものがついて回るのだから、人間は難しい。

「……それでね、なんの話だったらわかるかなって考えたんだけど……」

「うん」

「わたし……ジャックのことも、アルフォンスのことも、ほとんど何も知らないことに気づいたの。ふたりだけじゃなくて、他のみんなのことも何も知らない」

オッドマンのことは他のみんなよりは知っているけれど、と言われて、何もないはずの胸の奥がぽっとあたたかくなった気がした。

「……ノアは、みんなの何を知りたいんだい？」

何を、と呟いたあとに首を横に振る。

「知りたいことが決まってるわけじゃないの。でも……みんなともっと仲良くなれたらなって思う」

「……今も、彼らは君のことが好きだと思うけどね」

「そうだったら……うれしい。わたしも、ここのみんなが好き。一緒にいて、とてもほっとできるから」

だからもっと、仲良くなりたいとノアは言う。

「それなら……僕の知っている彼らの話をしようか」

知ることでノアが彼らと望むような関係になれるのかはわからない。だが、何も知らないことを気にしているのだから、気休めにはなるだろう。

「いいの……？」

「いいよ」

まずは誰の話からにしようか、とオッドマンはどこからともなく大きな紙芝居を取り出した。

ノアはわずかに驚いた顔をしていたけれど、ここは異形のサーカス。不思議なことなら、毎日ステージの上で起こっている。

「……そうだな。はじめは……」

オッドマンが白い手袋を嵌めた指を動かすと、紙芝居の中の舞台に誰かの影が映り込んだ。

「彼の話からすることにしよう」

トントン、というノックの音に、紙芝居の中の影が驚いた素振りをする。それを見たノアが目を丸くした。

「どうなっているの？」

「さあ、僕にもわからない」

「そうなの……」

がっかりというより、一層興味深げに彼女は紙芝居を覗き込む。その強い視線を受けて、影だけだった彼が自らに色をつけ始めた。さすがは我らが団員。サービス精神にあふれている。

「それでは、始めよう」

オッドマンの言葉を合図に、紙芝居の舞台の上で彼は丁寧にお辞儀《じぎ》をした。

第一章

新米芸人のジャック

Lost Heart and Strange Circus

「はあぁ～……」

重いため息が止まらない。それこそ、舞台を下りてからずっとだ。

ジャックは誰もいない道をわざと選んで、ため息をつきながら歩いていく。

今日もまた、失敗をしてしまった。

ジャグリングに使う道具であるクラブをあらぬ方向に投げてしまい、あろうことかそれが空中ブランコの準備をしていたジャスミンの額にヒット。弾かれたクラブが今度は舞台袖でスタンバイしていたアルフォンスの乗った玉にぶつかってしまい、舞台にアルフォンスが飛び出るという始末。

ふたりには、舞台が終わってすぐに謝りにいった。

ジャスミンは怒りながらも、「それで、あんたのほうは大丈夫だったの？」と逆に心配までしてくれた。きついことを言うこともあるけれど、彼女は本当はとてもやさしい。

次にアルフォンスに謝りにいったが、ジャックの顔を見た途端《とたん》笑い転げた。けれどそれも、笑い話にしてもらえると気が楽になるから不思議だ。もしかしたら、アルフォンスなりに気を使ってくれたのかもしれない。……そう思いたい。

そしてやさしい客人たちは、ジャックが失敗をしても囃《はや》し立てたり文句を言ったりはしなかった。むしろ、いつも以上の盛大な拍手をくれた。野次《やじ》が飛んでこなかったことに正直ほっとしたけれど、怒られないから失敗してもいいということにはならない。

むしろ、そんなやさしい客人たちにはもっと楽しんでほしい。

そう思うのに、すぐに芸が上達するはずもなく焦りばかりが募った。

一歩歩くごとに気持ちは沈んだけれど、落ち込んでいても何も変わらないことは自分が一番よく知っている。

「……もっと、がんばればいいだけだ！」

失敗をしてしまった時、いつも思い出す言葉がある。

――今はまだできないことも、練習を重ねればきっとできるようになる。明日の自分は、今日の自分とは違うのだから。

以前、ジャックが今日のように落ち込んでいた時、ダイゴが言ってくれた言葉だ。その言葉を胸の中で反芻《はんすう》し、気合いを入れ直した。

早速、秘密の練習場へ足を向ける。そこは異形のサーカスがテントを張っている場所から森を抜け、数分歩くと着く湖畔《こはん》だった。森から動物がやってくるのを見たことはあるが、まだそこで団員たちに会ったことはない。湖の話題が出ることはあるのでみんなも来てはいるのだと思うけど、それぞれ舞台に立つ時間がずれているせいで鉢合わせないのだろう。

ジャックにとっては人に見られず練習ができる、かっこうの場所だった。

けれど、その湖畔に誰かの気配がある。

明らかに動物とは違うその気配に、無意識に息を殺していた。

一体、誰が……とそろそろと木々の間から顔を覗かせて、ドキリとする。

こちらに背を向けて切り株に腰かけていたのは、ノアだった。

どうしてノアがこんなところに？

まだ日も高い時間から、何もせずにひとりで過ごすには少し退屈な場所だ。

背中を丸めているせいで、やけに寂しそうに見えた。

ジャックがここに来るのは、大抵ひとりで練習をしたい時だ。ノアも、ひとりになりたくてここに来たのかもしれない。その邪魔はしたくなかった。

練習なら、練習場でやればいい。みんながいる前で練習をするのは少し恥ずかしいけれど、今日は我慢しよう。

ノアに気づかれないようにそっと立ち去ろうとしたのだが、ジャックは聞いてしまった。

はあ、という重い吐息を。

それは紛れもなくノアのついたため息で、踏み出そうとした足が止まる。立ち去るなんて考えはどこかにいってしまって、やけにぎくしゃくとした動きでノアのいるほうに歩き出していた。

「や、やぁ」

ぎこちなく声をかけると、ノアが驚いたように振り返る。けれどその顔には、感情らしい感情は浮かんでいない。ノアはあまり、気持ちを表に出すことが得意じゃない。

「珍しいね、ノアがこんなところにいるなんて」

「うん……。今日はじめて見つけたの」

「そっか。サーカスから近いは近いけど、小道を抜けた先にあるからちょっとわかりづらいよね」

「ジャックはよく来るの？」

「うん！　ひとりで練習するのにぴったりの場所だからね！」

言ってしまってから、気がついた。これでは、ノアが邪魔だと言っているようなものだ。

「あ、いや、そうじゃなくて！　練習をするのにいいってだけだよ！」

「……そうなんだ」

「う、うん」

あまり上手いフォローとは言えなかったけれど、どうやらノアが気にしている様子はない。

ほっと胸を撫《な》で下ろしたものの、会話は途切れてしまった。

ノアはぼんやりとした視線を湖面に向けている。たぶんジャックが来る前も、ずっとそうしていたのだろう。その表情はいつもと変わらないようにも見えたが、ほんの少しだけ違う。

「ノア……何かあった？」

「…………」

ジャックの問いかけに、ノアはゆっくりと顔を上げた。返事はすぐにはなくて、もしかして聞いてなかったのかなと思い始めた頃、ようやくゆるゆると首を横に振る。

「ううん。何も。……何もないよ」

ノアの声はとても小さくて、湖に吸い込まれるようにして消えてしまった。何もないと言われてはそれ以上聞くこともできない。

わずかな沈黙のあとに、ノアが座っていた切り株から腰を上げた。

「練習、がんばってね」

「あ、うん」

それだけ言うと、ノアはサーカスのテントがあるほうに戻っていった。

本当に、何もなかったのだろうか。

ノアは滅多《めった》に笑わないし、表情もあまり変わらない。けれどその分、彼女の周りの空気が変わることをジャックは知っていた。うれしい時はぽっとあたたかく、かなしい時はひんやりと冷たい。その程度の違いではあったが、ある意味わかりやすい。

今会ったノアの周りの空気はとても静かで……静か過ぎて、寂しかった。

空中に投げたクラブは、ジャックの手には収まらず地面に落ちていく。しっかり練習をしなければと思うのに、ノアのことが気になってまるで集中できないのだ。

ノアはああ言っていたけれど、やっぱり何かあった気がする。

てんでバラバラの方向に落ちたクラブを拾い上げてから、ジャックは湖畔を離れた。

何もなかったならそれでいい。

でも本当は何かあったのに言えないでいるのなら、それを気にかけるのは友達の役目だ。

サーカスのテントまで戻ると、まだみんなは舞台の最中だった。

探している相手は舞台には上がらないので、気にせず部屋を訪れる。ノックを三回すると、すぐに中から「いるよ」と返事があった。

「団長、ちょっといいかな？」

窓のない部屋の中は、ここだけひと足先に夜がきたみたいに暗い。少ない明かりの中で、オッドマンが振り返る。

「何かあったのかい？」

今日の昼間、ジャックが大失敗をしたのはオッドマンも知っているはずだった。けれどオッドマンは、ジャックがその話をしに来たのだとは少しも思っていないように見える。それはつまり、舞台での失敗は自分で乗り越えろ、ということなのだろう……たぶん。

実際、ここに来た用事はそのことではない。

「ノアのことなんだけど」

オッドマンが首を傾げた。そういえば、オッドマンも仮面のせいで表情らしい表情は何もわからない。けれど、それがノアのように気にならないのは、元々、そういう異形のヒトだからなのだと思う。

ノアは本来なら、笑ったり泣いたりできる人間だ。だから、気になってしまう。

「さっき、ノアに会ったんだ。ちょっと元気がないように見えたんだけど、団長は何か知らない？」

「……何かあったわけではないけど、今日はノアと人間の街に食料を買いにいったよ」

オッドマンとノアが人間の街へ出向くこと自体は珍しいことではない。食料は定期的に買い足さなければいけないし、サーカスで使う道具を買い替えることもあった。

「そうなんだ。その時に何かなかった？」

「何か？」

「うん。例えばノアの欲しがっていた物がなかったとか」

「……あの子はあまり何かを欲しいとは言わないよ」

「う〜ん、そうだよね」

「ああ、でも……あれはいつもと違っていたのかな」

「な、何っ？　何かあったのかい？」

思わず前のめりになるジャックに対し、オッドマンは落ち着いた様子で頷く。

「通りを歩いている時に、ノアと同じくらいの年の子がいたよ」

ノアの年頃の子供が歩いていても、なんら不思議はない気がしてジャックは目をハテナの形にした。けれど、話にはまだ続きがあった。

「その子はお父さんとお母さんと歩いていて、今日が誕生日のようだった。大きな箱を抱えてうれしそうにしていたよ。いつもと違うといえば、その子を見かけたことぐらいだろうね。ノアも、随分と気になっているようだった」

「誕生日の子のことが……？　何が気になったんだろう？」

「さあ。僕にはよくわからない」

「そうだよね……」

ヒントはもらえたのに、解き方がわからないパズルを前にしているようだ。

ジャックが頭を抱えていると、

「Mr．マッシュなら何か知っているかもね」

とオッドマンが言った。確かに、物知りなMr．マッシュならこのヒントだけで答えを見つけることができるかもしれない。

明るい気持ちになって、ジャックは大きく頷いた。

「そうだね。Mr．マッシュに聞いてみるよ。ありがとう、団長！」


オッドマンの部屋を出て、ジャックはまっすぐMr．マッシュの部屋を目指した。この時間ならすでに彼の演目は終わっているはずだ。

舞台に立っている時以外、彼は自分の部屋でいつも難しそうな本を開いている。たまにその周りで孫たちが芸の練習をしているのを見かけることもあった。

ジャックがMr．マッシュの元を訪ねると、思った通り彼は部屋で分厚い本を読んでいた。

「これは珍しい客人だ」

Mr．マッシュは自分の前にある椅子をジャックにすすめてから、「それで」とゆっくりと手を組む。

「何を知りたいのかね？」

「えっ！　どうしておいらが質問に来たってわかったんだい？」

まだジャックは「お邪魔します」以外の言葉を何ひとつ言っていない。それなのに見抜いてしまうなんて、さすがはMr．マッシュだと期待に胸が高鳴った。

けれど、Mr．マッシュ本人はなんてことはないというように静かに笑っている。

「わしのところに来る者は、人間でも異形の者でも何かしら知りたいことがある者ばかりでな。だからきっと、ジャックもそうだろうと思っただけだよ」

「な〜んだ、そういうことか」

異形のヒトの中には、不思議な能力を持つ者もいる。もしかしたらジャックが知らないだけで、Mr．マッシュにも何かそういった力があるのかもしれないと思ったのだが、どうやらそうではないらしい。

少し残念ではあったけれど、おかげでおかしな緊張は解けた気がした。

「実は、人間のことで聞きたいことがあって」

「ふむ。それは一体どんなことだね？」

「人間の『誕生日』について知りたいんだ」

「ほう、誕生日か。ジャックは誕生日が何かということは知っているのかね？」

「う〜ん。人間がお母さんから生まれた日……だと思ってるけど……」

自信が持てなくて俯いてしまうと、小さく手を打つ音が聞こえた。おずおずと上げた視界に、拍手をするMr．マッシュの手が入る。

「その通り。誕生日とはまさに、人間が生まれた日のことをいう。わしら異形の者の中にも、自らの生まれを知る者は誕生日があるのでそこはわかりやすいだろう」

「うん……」

ジャック自身は自分がいつ生まれたのか、どうやって、誰から生まれたのかを知らない。物心ついた時には今の姿で存在していた。

だから正直に言うと、誕生日と言われてもピンとこない。

このサーカスで過ごすようになってからは、犬や猫といった動物と触れ合う機会も増えたので、生まれてくるということがどんなことかはわかっているけれど。

「では次に、人間たちにとってその誕生日がどんな日かというところだが、簡単に言えばめでたい日ということだ」

「めでたい……？」

「ああ、そうだ。人間たちはそのめでたい日を祝うという習慣があるらしい。毎年その日を祝うというのは、人間たち独自の風習だろうな。わしも人間を真似て孫たちの誕生日を祝ったことがあるが、なかなか楽しいものだった」

ジャックにとっては未知の世界の話すぎて、なかなか理解が追いつかない。目を回しそうになっていると、Ｍｒ．マッシュが本棚から一冊の本を抜き出して持ってきてくれた。

「この絵を見てごらん」

「これは……？」

「誕生日の様子を人間の画家が描いた絵だ。この、真ん中にいる子供が誕生日を迎えたところだと説明には書いてある」

「あ！　大きな箱！」

Ｍｒ．マッシュの指差した子供の前には、大きな箱が置かれていた。オッドマンも誕生日の子供が大きな箱を抱えていたと言っていた。

「Ｍｒ．マッシュ、この大きな箱は何？」

「これは、プレゼントだな。誕生日の人間は、この絵のように両親や友達からプレゼントをもらい、祝ってもらうのだよ」

「そっか、誕生日のプレゼントだったんだ。この子がこんなにうれしそうなのは、やっぱりプレゼントをもらえたからなのかな？」

「それもあるだろうな。だが、それだけじゃなかろう」

「違うの？」

絵の中の子供は、みんなからプレゼントをもらってとてもうれしそうな顔をしている。

「プレゼントをあげた側の人間の顔を見てみるといい」

「あげた側？」

言われた通りにもう一度絵を覗き込む。今度は子供の両脇にいる親だと思われる人間を注意深く見ると、なぜか子供と同じくらいうれしそうな顔をしていた。プレゼントをもらったわけでもないのに。

「どうかね？」

「すごく、うれしそう……。でも、どうしてかな？　プレゼントをもらったのはこの子供で、この人間たちはあげたほうなのに」

「それが面白いところだ。さっき、誕生日はめでたい日だと言っただろう？　それと同時に、とても大切な日だと彼らは捉えているのだよ」

「大切な日……」

もう一度、ジャックは絵を見つめた。そこに描かれている人間たちは誰も彼もが幸せそうに微笑《ほほえ》んでいる。

人間の街で見かけたという子供も、この絵の中の人間たちと同じように幸せそうだったのだろうか。

ノアは、その子供を見て何を思ったのだろう。

ノアも、その子供のように人間の世界では誕生日を祝ってもらっていたのだろうか。

寂しそうな小さな背中を思い出すと、ぽつん、とジャックの胸の中に雨粒のようなものが落ちた。それは波紋《はもん》となって胸の中に広がっていく。

「……お祝いしてもらえたら、うれしいかな？」

半ばひとり言のような呟きに、Ｍｒ．マッシュは穏やかに頷いた。

「ああ、うれしいだろう。ジャックも、芸が上手くいった時におめでとうと言われたら、うれしいだろう？　それと同じことだ」

ジャックは口をへの字にして、頭を大きく縦に振る。

「ありがとう、Mr．マッシュ！　おいら、大切な用事ができたからもう行かなくちゃ！」

焦ったように立ち上がり、ドアノブを掴《つか》んだ。その背中に、やさしい声がかかる。

「ああ、がんばりなさい」


ノアの誕生日がいつなのか、ジャックは知らない。

知らないけれど、お祝いをしようと決めた。

あの寂しそうな背中を元気づけたい。

その気持ちだけで、ジャックはずんずんと歩いていた。

「そうと決まればプレゼントだ！」

でも、と勢いよく歩いていた足が止まる。

「プレゼントって、何をあげたらいいんだろう……？」

ノアのことだから、きっと何をあげても喜んでくれるとは思う。でもだからこそ、ノアに心から喜んでもらえるプレゼントをあげたかった。

「プレゼントプレゼント……う〜ん……」

唸りながら再び歩き出すと、ふいに後ろから肩をちょんちょんと突かれる。

「んっ？」

振り返った途端、

「わ！」

コツン、と頬に誰かの指が突き刺さる。

「ジャックったら、こんな手に引っかかるなんてまだまだね！」

「レベッカ！　驚かさないでよ」

「あらぁ、あたしはちゃんと先に名前を呼んだわよ？　それなのにプレゼントプレゼントってぶつぶつ言っててち〜っとも気づいてくれないんだもの」

「うっ……」

「それで、プレゼントがどうしたの？」

レベッカの口調はいかにも興味津々《しんしん》といった調子だ。その手はしっかりとジャックの肩を掴んでいて、逃げられそうにない。

「その……ノアに、プレゼントをあげたいなって考えてたんだ」

「あらぁ、素敵じゃない！　それってつまり〜、そういうこと？」

「そういうって？」

「やだもう！　照れ屋さんなんだから。ふふっ、いいわ、そこは気づかなかったふりをしてあ・げ・る」

妙に身体をくねくねさせながら言われても、意味がわからない。

「でもそうね、そういうことならあたしもお手伝いしちゃう！　ぶつぶつ言ってたくらいなんだから、何か困ってるんでしょう？　さしずめ、何をあげたらいいのかわからない……といったところかしら？」

「えぇっ！　なんでわかったの!?」

「女の勘《かん》よ！」

「でもレベッカはおと――ぶふっ！」

男……と言いかけたところで、片手で両頬を握り潰され言葉が途絶えた。

「な・あ・に？」

レベッカはジャックの頬をぎりぎりと押し潰したまま、かわいらしく小首を傾げる。ジャックの頬を潰す手の握力はかわいいなんてものじゃなかったけれど。

なんでもないと大きく首を横に振ると、ようやく手を離してもらえた。危うく、顔がぺしゃんこになるところだった。

「レベッカは力が強すぎるよ……」

ぼやいた声が聞こえたのか、レベッカが腰に手を当てる。それを見て、また大慌てで首を横にぶんぶん振った。

「まあいいわ。それで、どんなものをあげたいとかそういうのは決まってるの？」

「ううん、全然。……ノアが喜んでくれるものがいいなとは思ってるんだけど」

恥ずかしさもあって徐々に尻すぼみになる声を聞き漏らさないようにと、レベッカが頭を近づけるようにして腰を折る。

「でもおいら、何をあげたらノアが喜んでくれるのかわからなくて」

「喜ぶかどうかって考えるから難しいんじゃない？」

「どういうこと？」

「ようは、ノアが好きなものをあげたらどうかしらってこと。好きなものをプレゼントされて喜ばない人なんていないでしょ？」

人間だって、と付け足してから、レベッカは考えるように人差し指をガラスの器にあてた。

「そうね……。ジャック、今から暇？」

「えっ、暇と言えば暇だけど……」

「それなら、ちょっと付き合ってちょうだい」

「付き合うって、何に？」

無意識のうちに逃げ腰になっていたジャックの腕に、レベッカの細いけれどしなやかな筋肉のついた腕がするりと絡んだ。

「もちろん、デートよ。デ・エ・ト♡」

「……えええええ〜っ!?」

数拍遅れて飛び出た叫び声が、虚《むな》しく辺りに木霊《こだま》した。


デートと称してレベッカに引っ張ってこられたのは、驚くことに人間の街だった。

「レ、レベッカ！　そんなに堂々と歩いて大丈夫なの!?」

夕暮れ時の街中を、レベッカは胸を張って歩いている。通りを歩いている人間がまばらなのは幸いだったけれど、それでもジャックは気が気じゃない。いつ、人間に悲鳴をあげられるかわからないのだから。

半ばレベッカの背中に隠れるようにしてびくびくと歩いていると、おもむろに首根っこを掴まれた。

「そうやってこそこそしてるから、怪しまれるのよ。堂々としてれば、案外誰も気にしないものよ」

「そ、そうかなぁ〜?」

先ほどから、通りがかった人間がレベッカを見てぎょっとした顔をしているのは黙っておこうと決めた。

「そうよ。人間だってあたしたちみたいな存在を知らないわけじゃないんだし。ただちょっと珍しいんでしょ」

異形のヒトの中には人間の姿に近い者もいて、そういう者は普通に人間に紛れて暮らしているともいう。けれど、ジャックやレベッカのようにひと目で人間じゃないとわかる者の多くは、自ら好んで人間と接触しようとはしない。人間を好んで狩るような者がいるせいで、異形と見るとみんながみんな人間を襲《おそ》うものだと思い込んでいる人間も少なからずいるからだ。

現に、今もただ歩いているだけのレベッカやジャックを見て、恐怖に顔を強ばらせ逃げて行く人間がいた。

こんな雰囲気の中で、レベッカはよく堂々と歩けるものだと思う。一体その勇気……というか自信はどこからくるのだろう。ちょっと見習いたいなと俯きながら歩いていると、また首根っこを掴まれた。

「わわっ！　レベッカ、何するんだよ！」

「俯いてちゃお店がちゃんと見えないでしょ。なんのためにデートに誘ったと思ってるの」

「え……」

このデートに何か意味があったの？　とジャックは目を丸くする。

「呆《あき》れた……。あたしがただウィンドウショッピングしたいからあんたを連れてきたとでも思ってたの？　それなら団長を誘ってるわよ」

「団長に断られたのかなって」

「バカ言わないでちょうだい。そりゃ、団長は仕事で忙しいからムリだって言ってたけど……」

「やっぱり断られてたんだ……」

「ふんっ！　仕事なんだから仕方ないの！　そうじゃなくて、あんたはしっかり人間のお店で何が売ってるのか見て考えないとダメよ！」

「考えるって何を？」

「ノアへのプレゼントに決まってるじゃない！　ノアは人間の女の子なのよ？　あたしたちの世界の物をあげてもあの子なら喜んでくれるだろうけど、人間たちのお店のほうがノアの好みの物がありそうでしょ」

「そ、そっかぁ！　レベッカってすごいね。おいら全然そんなこと思いつかなかったよ」

レベッカはまんざらでもない様子で頷いてから、店のひとつを指差した。

「ほら、あそこなんてどう？　きれいなものがたくさん売ってるわ」

そこはアクセサリーショップのようで、金や銀や宝石といったキラキラとしたものがたくさん並んでいた。

「きれいはきれいだけど……う〜ん」

金色のジャラジャラしたネックレスを見て、ノアがつけているところを想像してみる。

「……ちょっと違う気がする」

「あら、そう？　それならあっちは？」

次にレベッカが指差したのは洋服屋のようだった。

ひらひらとしたドレスのような服が、ガラスの向こう側にたくさん並んでいる。服を着ているマネキンのポーズが独特で、ちょっと笑ってしまいそうになった。

「洋服かぁ……」

赤や青、黄色の明るい服を着ているノアも、きっとかわいい。プレゼントした洋服を着て笑っているノアを想像して、ぽーっと顔が熱くなった。

「あ、でも……ノアの洋服のサイズがわからないや」

「そういえばそうねぇ」

結局、レベッカと一緒に色々な店を見てはみたけれど、これといってピンとくるプレゼントは見つからなかった。

　歩き回っているうちに日は沈み、通りに街灯が灯《とも》り始める。空がすっかり夜色に染まってしまうと、店の多くはシャッターを下ろしてしまった。

「付き合ってもらってごめんよ。レベッカは買い物とかしなくてよかったの？」

　次々と閉まっていく店を、レベッカはぼんやりと見つめていた。自分の用事に付き合わせてしまったせいで買い物ができなかったからだと焦ったのだけれど、レベッカはすぐにジャックを見て「大丈夫」と笑う。

「はじめから見るだけのつもりだったから」

「えっ、そうなの？　でも……」

「いいの！」

　街中を堂々と歩いていたレベッカ。でももしかしたら、店に入るのはジャックと同じように少し怖いのかもしれない。そう思うと、ちょっとだけ胸が痛かった。

「そんなことより、困ったわねぇ。プレゼントがぜんっぜん決まってないわ」

「うん……。決まらなかったけど、今日は帰ろう。遅くなると団長も心配するよ」

「……そうね」

　ジャックよりよほど残念そうにしながら、レベッカが歩き出す。それに合わせてジャックも来た道を戻り始めた。

「プレゼントを選ぶのって、相手のことを考えるとこんなに難しいものなのね」

「おいらも、こんなに難しいとは思わなかったよ」

ふたり分のため息が重なる。とぼとぼと歩いて人間の街のはずれまで来た時、ちょうど片づけを始めた店が見えた。

「あら」

店の中から漏れている明かりに、レベッカが思わずといったように足を止めた。店先では、お腹の大きな女の人が花の入ったバケツを重たそうに運んでいる。

「大きいお腹だなぁ」

言ってしまってから、慌てて両手で口を塞いだ。女の人の容姿や体型について何か言う時は、細心の注意を払わなければいけないと、昔レベッカに怒られたことを思い出したからだ。

恐る恐るレベッカのほうを見ると、予想に反してレベッカは微笑んでいるようだった。

「そうね、大きなお腹。あと一ヶ月くらいかしらねぇ」

「一ヶ月って？」

「赤ちゃんが生まれてくるのよ」

「赤ちゃん……えっ！　あのお腹の中に赤ちゃんが入ってるの!?」

人間がお母さんから生まれてくるのは知っていたけれど、あんな風になるのを見るのは初めてのことで驚きを隠せない。

ジャックがあわあわしている間も、女の人は大きなお腹を抱えてえっちらおっちらと片づけを続けていた。

「た、大変そう……。大丈夫かなぁ」

女の人の足元はたまにふらりとよろめいて、見るからに危なげだ。誰か片づけを手伝ってくれる人間はいないのかと辺りを見回したけれど、通りにはすでに誰もいなかった。店の前には街灯がなく、女の人はまだジャックたちには気づいていない。

心配でついつい見守ってしまっていると、

「あっ……！」

女の人が何かにつまずいた。両手には大きなバケツを抱えたままで、このまま倒れればお腹を地面に打ちつけてしまう。

「危ない!!」

「ジャック！」

気がついた時には、飛び出していた。

しっかりとバケツを受け止め、ふう、と息をつく。危ないところだった、と安堵しかけたのだが、

「あ……」

バケツを挟む形でジャックは女の人と顔を突き合わせていた。

どうしよう――と心臓がどっどと大きく脈打つ。

ジャックが支えているバケツに頼りながら、女の人は不自然な姿勢からゆっくりと体勢を整える。その間、ジャックはバケツを離すこともできずじっとしているしかなかった。だらだらと、背中と顔に汗が流れる。

いつ、この人は逃げ出してしまうだろう。

多くの人間と同じように悲鳴をあげ、ジャックを怖がる姿は簡単に想像できた。それはとても悲しい想像で、気を紛らわせるように目の前にある花に視線を移す。その花は、ピンク色をしていてふんわりと丸い、やさしい形をしていた。

「かわいい……」

なんて、ノアにぴったりな花なんだろう。

思わず呟いてしまったジャックの声に、「ふふっ」という誰かの笑い声が重なった。てっきりレベッカが助け船を出しにきてくれたのかと思ったが、そうじゃない。

笑い声は、目の前に立っている女の人から聞こえていた。

「……助けてくれてありがとう、かわいい異形さん」

「えっ、あっ、そのっ！　ど、どういたしまして！」

どうにかしどろもどろに返事をすると、女の人はジャックの手からバケツを受け取る。

「すぐにお礼を言えなくてごめんなさいね。こんな風に会うのは初めてのことだったから」

「そんな……おいらのほうこそ、驚かせてごめんなさい！」

走って逃げたい気持ちだったが、女の人に背を向けたジャックの視界に、レベッカが「そっちそっち」と何かを指し示しているのが飛び込んできた。必死なジェスチャーの勢いに押されてそろそろと後ろを振り返る。そこではまだ、女の人が苦労して片づけを続けていた。

相変わらず、重い荷物を運ぶ足取りは頼りない。店の外にはまだまだ、水の入ったバケツや売れ残りだろう花が入ったバケツが残っていた。これらすべてをひとりで店の中に片づけるのは、骨の折れる作業だろう。

「……あのっ」

この女の人は驚くだけで、悲鳴をあげないでくれた。だからというわけではない。ただ、お腹の中の赤ちゃんのことを考えると、声をかけずにはいられなかった。

「はい？」

「お、お手伝い、させてもらえませんかっ？」

ドキドキしすぎて、声がひっくり返りそうになる。

「おいら、もう帰るだけだし、急いでもないし、そのっ、運ぶだけならできるかなって。こ、こんなにたくさんあると大変だし、また転んじゃうかも……」

一気にまくしたてた。緊張しすぎて、目がぐるぐると回っている。

断られるかもしれない。

それだけならまだいい。気味が悪いと怖がられるかもしれない。

今まで出会ってきた人間たちの反応を思い出すと、身体が竦《すく》んだ。それでも逃げ出さずにいられたのは、女の人のお腹が大きかったから。あのお腹の中には、ノアと同じように人間の子供がいる。そして、これから生まれてきたらきっと、あの絵の子供のように誕生日を祝ってもらうのだろう。

返事を待っている時間は、とても長く感じられた。俯いた視線の先には水のたっぷり入ったバケツが並んでいて、この水をかけられたらどうしようと思う。

けれど、ジャックの心配を余所《よそ》に返ってきたのはあたたかい言葉で。

「まあまあ。いいのかしら、お願いしても？」

はっと顔を上げた先には、女の人の笑顔があった。

「つ、うん！　ま、まかせて！　おいら、こう見えてけっこう力はあるんだ！」

力こぶを作るようなポーズを取ったジャックを見て、女の人がまた笑う。

「ふふ、頼もしいわ」

言って、よかった。

勇気を出して、よかった。

はりきってバケツを運び始めたジャックに向かって、レベッカが小さくVサインを出しているのが見えた。それにジャックもVサインを返してから、せっせと片づけを手伝う。

ふたりでやると、思いのほか早く片づけは終わった。

店の中にすべてのバケツを運び終え、大きく息をつく。重い物をたくさん運んだので腕はぷるぷるしていたけれど、不思議な充実感でいっぱいだった。

「あの、それじゃあ……」

花でいっぱいになった店の中で、女の人はジャックに背を向けて一生懸命何かをしている。

その邪魔をしてはいけないと、そそくさと立ち去ろうとした。

「あ、ちょっと待って！」

店を一歩出たジャックの腕を、細い腕が掴む。驚いて振り返ると、目の前にピンク色が広がった。

「このチューリップ、受け取ってもらえるかしら？　片づけを手伝ってくれたお礼に。売れ残りの花で申し訳ないけれど」

差し出された花束を前に、ジャックは瞬きを繰り返した。

「えっ、で、でも……」

「さっき、かわいいと言ってくれたから。もらってもらえたらうれしいわ」

にこにこと笑いかけられて、何故か泣きそうになる。どうにか涙をこらえて、花束を受け取った。

「あ、ありがとう……」

「それはわたしの台詞。手伝ってくれて、ありがとう。このお腹だとどうも動きづらくて。本当に助かったわ」

「う、うん」

「よかったら、また遊びにきてちょうだい。今度は、あっちのお友達も一緒に」

「えっ？」

女の人の視線を追って後ろを振り返ると、レベッカがこそこそと隠れるようにしてこちらの様子を窺《うかが》っていた。急いで隠れたんだろうけど、スカートの裾が見えている。

女の人に別れを告げてから小走りにレベッカのところに行くと、

「大丈夫だった？」

とそっと聞かれた。ジャックに手伝ったほうがいいとは言ったものの、自分まで人間の前に出ていくと怖がらせるかもしれないと、気遣ってくれていたのだろう。心配しながらも待っていてくれたやさしさに、うれしくなる。

「うん！　これ、お礼にってもらったよ」

「まぁ、かわいいじゃない！　ちょっと、ノアに似てるわね」

「そうだよね!?　おいらもノアに似合いそうな花だなって見た時から……」

あ、とふたりで顔を見合わせた。

「こっ、これをプレゼントするのはどうかな!?」

「いい考えだと思うわ！　いいえ、これ以上ないプレゼントよ！　だって……」

レベッカが感極まったように、ジャックの肩に両手を乗せる。

「この花は、あんたが勇気を出したからもらえたものなんだから」

がんばったわね、と肩を何度も叩かれて、うれし涙が出そうになった。

「ありがとう、レベッカ」

抱えたチューリップからは、ほんのりとやさしい香りがしていた。

異形のサーカスのテントに戻ってきた時にはすっかり夜も遅くなっていて、プレゼントは明日渡すことにした。それまでチューリップが枯れてしまわないように、たっぷりと水をあげておく。

朝になってもチューリップが生き生きとしているのを見た時には、ほっとした。

いよいよノアに渡そうとしたのだが、肝心のノアが見つからない。

今日はサーカスがお休みなのをすっかり忘れていた。おかげで、いつもは誰かの演目を見ているはずのノアがどこにもいないのだ。

「あ、ジャスミン！　ノアを見なかった？」

テントの前で声をかけると、ジャスミンは「さっき、外で見かけたわよ」と言った。

中にはいないことがわかったので、テントの周りをうろうろと探す。三周目くらいで木の上から声をかけられた。

「おい、チビ。さっきから何してるんダ？」

ビリーは器用に木の枝に寝転がっている。

「おいら、ノアを探してるんだ。見なかった？」

「さア？　けど、そんだけグルグル回ってもいないなら、この辺りにはいないと思うヨ」

「あ、そっか。それならどこかなぁ」

今度はテントを少し離れて森のほうへ行こうとすると、

「あら、ジャックじゃない」

とレベッカに呼び止められた。その横にはシュガーとアルフォンスがいる。

「ふたりとも、ノアを知らない？」

聞いた途端、アルフォンスがにやりと笑った。

「はは～ん。お前もしかしてその……もごっ！」

「はいはい。そういうことは言わぬが花よ。ジャック、ここは任せてノアを探して」

「あ、ありがとう、レベッカ！」

「もごもごもごー！」

レベッカに口を押さえられているアルフォンスを置いて、さらに森の奥へと進んだ。歩いているうちに歌声が聞こえてきて、呼ばれるようにしてそちらに足を向ける。

道が少し拓《ひら》けた場所に出ると、切り株に座っているアンジェレッタが見えた。その前には観客のようにオスカー、Ｍｒ．マッシュ、そしてダイゴが並んで座っている。

ジャックの足音に気づいて、アンジェレッタがぴたりと歌うのをやめた。

「あっ、ごめんよ！　邪魔をするつもりじゃなかったんだけど……」

「その声はジャックね。気にしないで。それより、どうしたの？」

「えっと、ノアを探してるんだけど……」

誰か見た？　というジャックに、みんなが申し訳なさそうに首を横に振る。

「見たわけではなければど、ノアの足音なら森のもう少し奥から聞こえたわ」

「ほんとっ？　わぁ、すごいや、足音でわかっちゃうなんて」

「うふふ。見つかるといいわね」

「うん！」

みんなに見送られ、さらに森の奥へと進んだ。歩いているうちに、秘密の練習場に近くなっていることに気づく。

「もしかして、またあそこにいるのかな……？」

寂しそうな背中を思い出してしまい、早足になった。その足がどんどん早くなり、駆け出しそうになったところでパッと目の前に何かが飛び出した。

「うわっ！」

驚いて尻餅をつくと、

「そんなに急ぐと危ないよ♪」

はじめに手が現れ、続いて丸い頭と身体が見えた。どうやったのだろうと目を丸くしているジャックに向かって、ロベルティはひらひらと手を振る。

「ああ、大変！　お花がぺっしゃんこ！」

「ええっ!?」

転んだ拍子に花を潰してしまったのかと慌てて起き上がった。けれど、尻餅をついただけで花束はしっかりと手に持ったままだったので、なんともない。反射的に慌ててしまったジャックを見て、ロベルティがケタケタと笑う。

「どうしてそんなこと言うの？」

「冗談だよ、冗談。それで、どこに行くんだい？」

じーっと花を見つめられ、思わず背中に隠した。そうしないと、取られてしまうような気がして。

「……おいら、ノアを探してるんだ」

「リトルレディなら、こっちじゃなくて、あっちで見たよ♪」

あっち、とロベルティは湖とは反対の方向を指差した。

「えっ！　それってでいつ？」

「ちょっと前」

「でもアンジェレッタはこっちって言ってたけどなぁ」

ジャックが湖に向かっているうちに移動してしまったのかもしれない。

お礼を言って立ち去ろうとしたところ、今度は目の前が真っ暗になって足が止まった。

「わわ！」

「違うよ、ジャック」

真っ暗だと思ったのは、オッドマンがローブを広げていたからだった。

「びっくりしたぁ……。違うって、何が？」

「ノアなら、湖の前にいるよ」

「え、でも……」

ロベルティが……と後ろを振り返った時には、すでに誰もいない。けれど、逃げたということは、嘘をついていたのはロベルティということだろう。

「ありがとう、団長。いつまでもノアに会えないところだったよ」

「どういたしまして」

行っておいで、とでも言うようにそっと背中を押され、歩き出す。数歩歩いてから振り返るとオッドマンの姿も消えていて、まるで夢でも見ているような心地がした。

ようやくジャックが湖までたどり着くと、オッドマンが言っていた通りノアは湖の前にいた。今日も大きな切り株の上に座り、ぼんやりと湖を眺めている。その背中はやっぱり寂しそうに見える。

花束を背中に隠して、ゆっくりと近づいた。

まだ話しかけてもいないのにドキドキしていて、胸が苦しい。こんな調子でちゃんと渡せるのかなと弱気になっていると、足音に気づいてノアが振り返った。

「や、やあ！」

ぎこちなかっただろうか。ノアがゆっくりと首を傾げる。

「どうしたの、ジャック？」

「えっと、その、あの……っこれ！」

上手く何かを伝えることは諦《あきら》めて、花束をノアへと差し出した。顔は見られなくて、俯いたまま。

「た、誕生日プレゼント！」

大丈夫。このチューリップという花はとてもかわいい花だし、ノアは花が好きなはずだ。

きっと、喜んでもらえる。

自分に言い聞かせるみたいに、ぐるぐると考える。けれどいつまで経っても手の中の花束が受け取られる気配がない。

喜んでもらえなかったのだろうかと頭をそろそろと上げると、ノアは花束をじっと見つめたまま首を傾げていた。

「……今日、誕生日じゃないわ」

今にも謝られそうな雰囲気に、ジャックは慌てて手を振る。

「違うんだ！　その、誕生日じゃないのは知ってて！」

「そうなの？」

「う、うん。でも……誕生日って誰かに祝ってもらうものなんだよね？」

「……たぶん、そうだと思う」

「だから、これは……過ぎちゃった誕生日の分のプレゼント」

「え？」

ノアの大きな瞳がゆっくりと瞬いた。その瞳の中にはピンク色のチューリップがきれいに映っている。

「あっ、そういうのって変なのかな？　おいら、人間の誕生日ってよくわからなくて。ご、ごめんよ」

焦って花束を引っ込めようとしたジャックの手に、小さな手が触れた。

「！」

「……ありがとう」

ジャックの手から、ノアの手へと花束が渡る。思った通り、この花はノアによく似合う。

「誕生日にプレゼントなんてもらったことなかったから、すごくうれしい」

そっと、抱き潰してしまわないようにとノアが花束を大切そうに抱えた。その唇が、ほんの少しだけ微笑んでいるのを見て「あ！」と叫びそうになる。

どうにか声を抑えて、

「ど、どういたしまして！　あと……おめでとう！」

ジャックがそう言った途端、背後でドッと何かが転げたような音が聞こえた。ぎょっと後ろを振り返れば、折り重なるようにして倒れているみんなの姿が。

「ご、ごめんなさいね〜。盗み見するつもりはなかったんだけど」

誤魔化すように笑ったレベッカに、アルフォンスがふん、と鼻を鳴らす。

「ジャックのくせに生意気だぞ！」

「ハッハッハ！　いいじゃないか。素敵な贈り物だったよ」

盗み見のフォローにはなっていないけれど、オスカーの笑い声につられたようにみんなも笑顔になる。

「そうだ！　今年のノアの誕生日は、みんなでお祝いするのはどう？」

山になっているみんなからは少し離れたところで、ダイゴに抱えられているアンジェレッタが手を叩いた。それにダイゴも頷く。

「そうだな。それがいい」

「そうと決まれば、準備が必要ね！」

いつの間にか山から抜け出たレベッカが、うれしそうに言った。それに今度は、山のてっぺんに座っていたジャスミンが相づちを打つ。

「まあ、準備は早いに越したことはないわね。どうせなら、みんなその時に新しい芸を披露するっていうのはどうかしら？」

おおー、とみんなから歓声があがった。

「ええっ!?　新しい芸!?　ど、どうしよう！」

ひとりで焦りだしたジャックの横で、クスクスと声が聞こえる。

え？　と隣を向くと、ノアが花束を抱えたまま小さく声を立てて笑っていた。

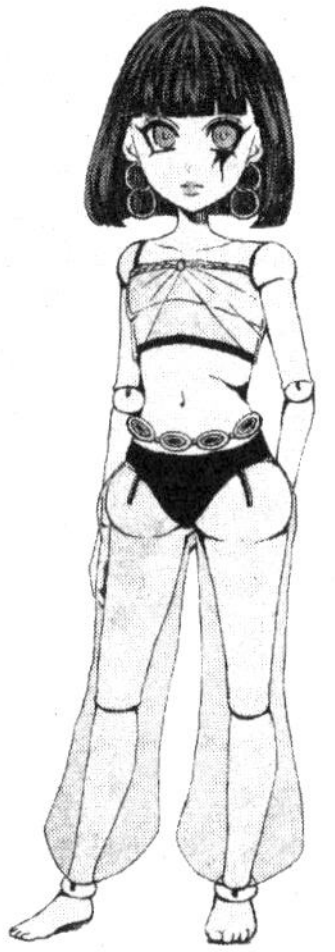

第二章

空飛ぶ人形ジャスミン

Lost Heart and Strange Circus

カチャカチャと忙しない音が耳に響いていた。

人間よりもだいぶ小さなこの身体を、この時ほど不便に感じたことはない。とにかく歩幅が小さすぎた。こんなに必死に走っているのに、相手との距離が開くどころかどんどん縮まってきている。

逃げ切れないのならば、どこかに隠れてしまうしかない。それこそ、この身体のサイズだからこそ隠れられる場所もあるはずだ。

と思ったものの、生憎《あいにく》とサーカスのテントの外に出てしまっていたがために、周りにはパッと隠れられそうな場所がなかった。けれど、捕まってしまったら恐ろしいことが待っている。何をされるのかは、想像に容易《たやす》かった。

それだけは避けたい。

なんとしても。

寒さを感じないはずの身体がぶるりと震える。

その焦りを嘲《あざけ》るかのように、追っ手の足音が近づいてきていた。こちらの姿を捉えられてしまったら、隠れても意味がない。

ジャスミンは急いで辺りを見回し、恰好《かっこう》の隠れ場所が森の向こうから歩いて来るところを見つけた。

迷っている時間はない。素早く駆け寄り、飛び込んだ。

「……何かあったのかい？」

事情を知らない隠れ場所の声がする。ジャスミンは長いローブの裾《すそ》からほんの少し顔を覗かせると、しっ、と口元に指を当てた。

「いい、団長？　あたしはここには来てないことにして。事情はあとで説明するから」

「よくわからないけど、いいよ」

ありがとう、と言おうとした時、パタパタと軽い足音が聞こえてきた。反射的にローブの中に顔を引っ込め、身を硬《かた》くする。

しばらくじっとしていると、足音はすぐ近くで止まった。

「……オッドマン、ジャスミンを見なかった？」

ローブ越しに聞こえるノアの声に、ジャスミンは息を潜《ひそ》めて耳を澄ませる。

「見てはいないよ」

「そう……。どこ行っちゃったんだろう」

「どうして探してるんだい？」

「あのね、ジャスミンにこれを塗ってあげようと思って」

ノアが何かをポケットから取り出す音が聞こえた。ローブの中に隠れているジャスミンからは当然見えないけれど、見なくてもそれが何かは知っている。

人間用の傷薬だ。

「今日、舞台に立っている時に、ジャスミンが転んだのを見たの。膝を擦りむいたんじゃないかと思って、これを塗ってあげようと思ったんだけど……」

「その薬は、ジャスミンには効かないんじゃないかな」

「……そうなの？」

「人間のために作られた物だからね」

「……そう」

会話はそこで途切れ、遠ざかる足音が聞こえた。

しばらくそのままじっとしていると、「もういないよ」というオッドマンの声がした。それでも完全には警戒を解かずに、辺りを窺いながらそろそろとローブから出る。

ジャスミンはどこにもノアの姿がないことを確認してから、ようやく大きく息をついた。

「ありがとう、団長。危うく薬まみれにされるところだったわ」

「ノアに人間用の薬は効かないと説明しなかったのかい？」

首を傾げているオッドマンに、軽く肩を竦める。

「したわ。薬なんて必要ないって。それなのにあの子、よく効く薬だからって聞かなくて。でも、団長が言ったらすぐ諦めたのはどうしてなのかしら」

「……言い方の問題かな」

「どういう意味？」

「薬が必要ないと言うのと、薬が効かないと言うのは、違う意味にも取れるからね」

「あ……」

そういえば、薬なんて必要ないと言った時、ノアはほんの少しだけ寂しそうな顔をした気がした。あれは、人間と異形の存在の差を感じたからだと勝手に思っていたけれど、もしかしたら突き放されたと感じたのかもしれない。

チクリ、と胸を針で刺されたような痛みを感じた気がして、ジャスミンは首を傾げた。

「あの子なりに、君を心配したんだよ」

「……それはわかってる。でも、必要ないわ」

まただ。また、胸が痛んだような錯覚《さっかく》を覚えて胸元に手を当てる。

それじゃあ、とオッドマンに背を向けて歩き出しても、胸の痛みは治まらなかった。

ひとりになり、木に寄りかかるようにして座り込んでため息をつく。

「どうなってるのよ……」

他の異形の者たちがどうかは知らないが、ジャスミンには『痛み』という感覚がわからない。

人形としてこの世に生み出されたのだから、当たり前と言えば当たり前の話だ。

それなのに、こうして時折『痛み』としか言いようのない感覚に襲われることがあった。

そしてその痛みは、大抵人間と関わっている時にやってくる。

人間なんて、ろくなものじゃない。

ジャスミンは頬についた傷に指先で触れ、きつく唇を噛《か》み締めた。

ジャスミンという人形を作ったのも人間の勝手ならば、捨てたのも人間の勝手。ジャスミン自身の気持ちなど、まるでおかまいなしだった。

ああ、でも……と思い出す。あの人形師にジャスミンの言葉は届いていなかった。異形の人形として完成した時には――捨てられていたから。

「……人間なんて、大嫌い」

ぽつりと呟いた自分の言葉に引きずられるようにして、ジャスミンは昔のことを思い出していった。

＊＊＊

その部屋はいつも、染料の独特な香りが充満していた。

「ああ、お前の髪はなんて美しいんだろうね」

人形師の手の中の人形はすでに身体のパーツが出来上がり、唇には鮮やかな紅が引かれている。美しいと褒《ほ》めた漆黒の長い髪には、大きな赤いリボンがつけられた。

ふわりと可憐に広がるフリル付きのワンピースも、その人形にはよく似合っている。

「四肢《しし》の滑らかな動き、鼻の絶妙な高さ、愛らしい唇。……お前ほど完璧な人形は、きっとこの世のどこにも存在しないよ」

まるで恋人に愛を囁《ささや》くような人形師の言葉は、しっかりと人形にも届いていた。

――あたしは愛されている。

――世界中のどんな人形よりも、この人に愛されている。

惜しみない愛情を注がれ、人形はあふれるような自信に満ちていた。そしてそれは決して思い上がりなどではなく、ひと目見た者なら、はっと息を呑《の》まずにはいられないほどの美しさをその人形は確かに備えていた。

「あと少しで、お前は目覚めることができるよ」

人形師は細心の注意を払い、人形の瞳に睫《まつ》毛《げ》を一本ずつ植え付けていく。気の遠くなるようなその作業すら人形師には楽しい時間のようで、作業の間中ずっと鼻歌が聞こえていた。

「お前も早く、世界を見たいだろう？」

人形も確かに、目を開くことができる瞬間を待ちわびている。けれど彼女が何よりも見たいと望んでいたのは人形師の言う世界などではなく、自分を愛し作ってくれた人形師自身の顔だった。

人形に魂が宿り、異形の人形としての存在を確立しようとしていることに、まだ人形師は気づいていない。だからこそ、早く会いたかった。

会って、「作ってくれてありがとう」と言いたい。

小さなパーツを毎日毎日作り、やさしく話しかけてくれた人。言葉を持たないはずの人形から話しかけられたら、どんな顔をするのだろう。その瞬間が待ち遠しくてたまらない。

今か今かと待っていると、ようやく人形師が道具を机の上に置いた。

「……さあ、目を開けてごらん」

寝かせていた人形の身体を、宝物に触れるような手つきで人形師がそっと起こしていく。上半身が起き上がっていくのに合わせて、長い睫毛に縁取られた人形の瞼《まぶた》がゆっくり、ゆっくりと開いていった。

やっと、この時がきた。

すぐにでも話しかけたい衝動を抑え込み、人形はパッチリと目を開く。

人形の美しい緋色の瞳が一番初めに映したのは、絶望に青ざめた人形師の顔だった。

「どうして……どうしてなんだ!?」

突然、机の上に放り投げられる。あまりの驚きに、人形は自分が動けることも忘れて硬まることしかできなかった。

人形師は「違う！　違う違う違う！」と叫んで自分の頭を掻《か》きむしっていて、人形のことを見ようともしない。

開いたままの人形の瞳に映った部屋は、想像していたよりもずっと狭かった。部屋に窓はなく、裸電球の頼りない明かりだけが灯っている。

人形は為すすべもなく、人形師が苛立った動物のように大股で室内を行き来するのを見つめていた。

話しかければよかったのだろうか。

何が違うの？　と聞けばよかったのだろうか。

人形は、人形師が自分を掴んで床へと投げつけるその時になってもなお、何が起きているのかわからなかった。

「そんな目で見るな！　そんな、醜《みにく》い目で……！」

床に叩きつけられた衝撃で、頬にヒビが入ったのがわかる。痛みは感じなかった。痛いということが、わからなかった。ただ、あんなに丁寧に作ってもらった身体に傷がついてしまったことが悲しかった。それなのに——涙は出ない。

人形師は苛立ちのすべてをぶつけるように人形を罵《ののし》ったあと、無造作《むぞうさ》にその小さな身体を掴んで部屋を出た。

部屋は地下だったらしく、階段を上がった先のドアを開くと朝日が差し込む。その眩しさに人形が目を細めると、一瞬だけ人形師の顔が悲しげに歪んだ気がした。

その瞳さえ開かなければ、お前は俺の完璧な人形だったのに。

そう言われた気がして、人形はそれ以上目を開けていることができずに瞳を閉じた。

瞼を閉じていても明るく感じる道を少し進んだあと、人形の身体は人形師の手を離れた。放り出されたような浮遊感のあと、金属に足がぶつかり、身体が軽くバウンドする。

「……どうしてなんだ、ジャスミン」

絞り出したような声を最後に、足音は遠ざかっていった。

——ジャスミン。

それが彼がつけてくれた自分の名前。

名前を知った時が別れの時だなんて信じられず、ジャスミンはただただ待ち続ける。

しかしどんなに待っても、再び足音が聞こえてくることはなかった。

もう、この目を閉じていても意味がないのだとようやく理解し、ゆっくりと目を開く。

視界いっぱいに広がっていたのは、ゴミの山だった。

空にはすっかり太陽が昇り青空が広がっていたが、足をかろうじてブリキのゴミ箱の縁に引っかけ、ひっくり返った状態で捨てられたジャスミンには、ゴミ以外の物は何ひとつ見えなかった。

これがあの人が自分に見せたかった世界かと思うと、悲しくて悲しくて。一度は開いたその目を、再びそっと閉じた。

これが彼が望んだことだと言うのなら、従おう。心の宿った異形の人形として生まれたが、彼が望む姿で生まれなかったのなら意味がない。

このままゴミの中に埋もれていれば、いずれ終わりの時がやってくる。その運命をおとなしく受け入れようとしていた時だった。

「な、何っ？」

ガサゴソと音が聞こえ、ジャスミンの周りから少しずつゴミがどけられていく。

まさか、野良犬《のら》がゴミ箱を漁《あさ》っているのだろうか。

このまま終わりの時を迎えてもいいと思っていたとはいえ、廃棄場でプレスされるのと野良犬に弄ばれるのではまるで意味が違う。犬にくわえられてオモチャのようにぶんぶんと振り回される自分の姿を想像し、ぞっとした。

「やめて！　あっち行ってよ！」

デタラメに手足を振り回したけれど、ジャスミンの小さな手足では犬を追い払えるはずもない。それどころか、下手に暴れたせいでゴミ箱の縁に引っかかっていた足が外れ、ジャスミンの身体は完全にゴミの山の中へと落下していった。……はずだった。

「大丈夫？」

ゴミの嫌な臭いではなく、やさしい石けんの匂いがする。犬に身体のどこかを噛まれている感じもなく、身体全体をしっかりと支えられている。

恐る恐る目を開けると、淡い茶色の目がジャスミンを見つめていた。その心配気に瞳を曇《くも》らせた男の子がゴミ箱から引き上げてくれたのだとわかり、胸を撫で下ろす。

捨てられたのだからどうなろうと同じだというのに、ほっとしてしまった自分に腹が立った。

「……びっくりさせないでよ」

思わず口を突いて出た憎まれ口に、すぐに後悔する。

男の子は「大丈夫？」と心配してくれたのに。

けれど一度言ってしまった言葉は取り消せない。何も言わずにじっとジャスミンを見つめている男の子から、目を逸《そ》らした。

このあとはきっと、またゴミ箱に放り投げられる。あの人がそうしたように、ただの物として処分されるのだ。

できれば今度は、犬に漁られないようゴミ箱の底のほうに捨ててほしい。

そんなことを考えていると、ようやく男の子が口を開いた。

「きみ、しゃべれるの？」

その瞳はキラキラとうれしそうに輝いていて、頬は興奮しピンク色に染まっている。あまりに強い期待の眼差《まなざ》しにに無視することもできず、ジャスミンは仕方なく男の子の顔を見つめた。

「……しゃべれるけど、それがなんなの？」

相変わらず出てくるのは刺々《とげとげ》しい言葉で、どうしてこんな物言いしかできないのだろうとますます自分が嫌いになっていく。もしかしたら、可愛げのないこの性格をあの人は見抜いていたのかもしれない。もしそうなら、たとえ目の形が完璧でも捨てられていただろう。

どんどん落ちていく視線を上げさせたのは、ジャスミンの気分とは正反対の明るい声だった。

「ぼく、おしゃべりできるお人形って初めて見た！　すごいなあ。ねえ、きみの名前はなんて言うの？」

無邪気《むじゃき》な瞳に押されるようにして、唇が動く。

「……ジャスミン」

「わあ、きれいな名前だね！　ぼくはジョン。よろしくね、ジャスミン」

ジャスミンの目の前に、ジョンの指先が差し出された。なんのためかわからず首を傾げると、男の子はジャスミンの手を指にくっつけてから、上下に軽く揺らす。

「えっとね、これは握手。これから仲良くしてねっていう時にやるんだよ」

ちょっと照れたように、ジョンが笑った。そのうれしそうな顔を見てしまったら、別に仲良くするなんて言ってないとは言えず、ジャスミンはぷいっと顔を逸らすことしかできなかった。

この日から、ジャスミンはジョンの人形になった。

ただの人形と言ってしまっていいのかはわからなかったが、少なくともジョンはそのことについて気にしていないようだった。むしろ、ジャスミンが動き、話すことを心から歓迎してくれている。

「見て、ジャスミン。この世界のどこかには、こんな風に口から火を吹く人や、人魚っていう半分魚の人がいるんだって。ぼくもいつか会えるかなあ」

ジョンは本を読むのが大好きで、学校が終わると家に飛んで帰ってきてジャスミンに色々な本を読み聞かせた。ジョンの家は決して裕福とはいえなかったけれど、父親が学者をしているらしく、本だけは嫌というほどあった。

「……会えるんじゃないの」

本の中では架空《かくう》の物語として語られていることだったが、ジャスミンからすればそれらを架空と決めつけている人間の考え方のほうが不思議なくらいだった。実際、自分以外の異形の者に会ったことがあるわけではないが、この本の中に出てくるような異形の者もきっと存在するだろう。それに、ゴミ箱の中からジャスミンを見つけたこの子なら、いつかそういった異形の者たちに会えるかもしれない。そんな気がしていた。

ジャスミンはジョンの肩の上でページが進むのを待っていたが、一向に捲《めく》られない。

「ジョン？　早く次のページに……」

催促《さいそく》をしようと横を向くと、ジョンはまたあのキラキラした瞳でジャスミンを見つめていた。

「……何よ？」

「ぼく、ジャスミンが大好きだよ」

「はっ!?　きゅ、急に何言ってるの」

驚きのあまりバランスを崩《くず》したジャスミンを、ジョンは慌てて両手で支える。

「わっ！　危ない！」

命あるものを扱うようなやさしいその手に、居心地の悪さを感じた。床に落とされようとジャスミンは痛みなんて感じないのだから、そんなに大切にしてくれなくてもいいのに。

「大丈夫？　ジャスミン」

「……大丈夫よ」

あんたが、しっかりと支えてくれたから。

『ありがとう』という言葉は簡単には出てこなくて、俯いた。

「よかったあ。ジャスミンのかわいい顔に傷がついちゃったら、大変だもんね」

ジョンは事あるごとにジャスミンをかわいいと褒めてくれる。けれどその度に、ジャスミンは後ろめたく感じていた。

褒められてうれしくないわけじゃない。でも、ジョンが気を使っているだけなら、やめてほしかった。そんなに褒めてもらうような容姿を、自分はしていない。

いつもなら何も言わずに流してしまう言葉だったけれど、今日ばかりはできなかった。あの人がつけた傷が見えていないかのような口ぶりだったから。

「……傷なら、もうついてるじゃない」

ぶっきらぼうな口調は、怒っているように聞こえただろう。少なくとも、ジャスミンの耳にはそう聞こえた。

ジョンはとても明るく素直ないい子だ。でも少し、気が弱い。母親に怒られた時などは、すぐに泣きべそをかいて俯いてしまう。

だからきっとこんな不機嫌な声を聞いたら、怖がるに違いない。下手したら、泣き出すかもしれない。そう思うのに止められなかった。

「この顔のどこがかわいいの？　傷はあるし、目の形だって……完璧じゃない。こんな不完全な人形なんて誰も欲しがらない……っ」

八つ当たりなのはわかっていた。でも、ずっと胸の中でくすぶっていた思いは止まらなくて、次から次へとあふれ出る。

あたしなんて、あのまま壊れたほうがよかった――。

自分で自分を傷つけるように叫んだジャスミンの頭に、ふいにぽつりと雨粒が落ちてきた。

「……？」

雨も何も、ここは家の中だ。雨が降ってくるはずがない。けれどまたぽつり、ぽつりと落ちてくる雨粒に、ジャスミンは顔を上げた。

「！」

ジョンが、泣いている。

大粒の涙を拭《ぬぐ》おうともせずに、声を殺して泣く姿に慌てた。やっぱり、怖がらせてしまった。好きだと言ってくれたのに、もう嫌われてしまったかもしれない。でもどうしたら泣き止んでもらえるのかなんて、わからなかった。

ジャスミンはおろおろと涙を拭ける物はないかと探し、そうだ、と自分の頭に結んであるリボンを解《ほど》く。それはとても小さい布だったけれど、ひと粒くらいなら涙を拭けるだろう。

次々と零れ落ちてくる涙を拭こうと背伸びをすると、ジョンが口を開いた。

「そんな、悲しいことを言わないで」

「……え?」

「ジャスミンはかわいいよ。目の傷だって、メイクしてるみたいでチャーミングだ。完璧じゃないってどういうこと?」

それは……とジャスミンは自分でも説明ができないことに気がついた。あの人が、完璧じゃないと言ったから。そうとしか、答えようがない。

何も言えずにいるジャスミンに、ジョンは涙で濡れた瞳のまま言った。

「ジャスミンはやさしくてかわいい、ぼくの最高の友達だよ。だから、そんな風に悪口を言わないで」

「……ごめんなさい」

――それと、ありがとう。

急に素直になったジャスミンに一瞬きょとんとしてから、ジョンは笑った。その瞳から零れた涙がジャスミンの頬に落ちて流れる。その様子はまるで、ジャスミンまで泣いているかのようだった。

「あ、ごめん！　濡れちゃったね」

「あたしより、あんたのほうがよっぽど濡れてるわよ」

仕方ないわね、と言いながら、ジャスミンは解いたリボンでジョンの頬を拭った。小さな手で不器用に涙を拭かれ、ジョンはクスクスと笑う。

人間と、異形の人形。

ふたりの関係は端から見ると相容れないものかもしれないけれど、この時ばかりはしっかり者の姉と、泣き虫な弟そのものだった。


あの人には、愛してもらえなかった。

でも、ここに自分を必要としてくれる子がいる。

初めから、この子と出会うために自分はこの命を得たのかもしれない。もしそうなら、この子のために、この子の笑顔を守るために、精一杯生きよう。

ようやくジャスミンが自分の生に意味を見出し始めた頃、それは起こった。

「ただいま、ジャスミン……」

「おかえり……って、どうしたのよ、その怪我《けが》！」

学校から帰ってきたジョンの頬は赤く腫《は》れ、唇の端は切れていた。

机の上から慌てて駆け寄ろうとしたジャスミンに、ジョンは弱々しく笑いかける。

「ちょっと、転んじゃった。でも、もう痛くないよ」

「嘘つかないで！　痛くないわけないじゃない！」

ジャスミンは問答無用でジョンをベッドに座らせ、救急箱の中からガーゼを引っ張り出してアルコールを含ませてから駆け戻った。

「本当に大丈夫なのに」

「いいから、おとなしくする！」

「……はーい」

ようやく口を閉じたのを確認してから、ガーゼを押し当てる。

「いっ……たくないよ」

「……意地《いじ》っ張《ば》り」

ちょっと傷に触れただけで、ジョンは顔をしかめた。この様子だと、口の中も切れているかもしれない。

「どこで転んだの？」

「……えっと、学校で」

どう見ても、転んだ傷には見えなかった。けれどジョンが転んだと言い張るので、ジャスミンもそれ以上は聞かずに手当てに専念した。男の子には、男の子なりの理由があるのだろう。

それに、本当に困ったことになっているのなら、きっと相談してもらえる。

ジャスミンとジョンの間には、本当の姉弟《きょうだい》のような信頼関係があった。だからこそ、ジャスミンは見守ることにした。

だがそれも、一週間に一回だった怪我が二回になり、三回になり……毎日になると口を出さずにはいられなくなる。

「ジョン。今日こそ本当のことを言ってもらうわよ」

「だ、だから転んだだけだってば……」

「この頃毎日じゃない！」

「そう、だけど……でも、毎日転ぶことだってあるよね？」

ない、とは断言できず言葉に詰まった。実際、本当に転んだような傷の時もあるので、一日中家の中にいるジャスミンには、何が起こっているのかわからない。

ジャスミンが反論できずにいると、ジョンはほっとしたように息をついた。

「そんなことより、新しい本を借りてきたから一緒に読もう？」

家中の本を読み終わってしまったジョンは、最近は学校の図書室から本を借りてきている。それも上級生の読むような難しい本ばかりで、ジャスミンにはジョンに教えてもらわないとわからないような内容の物も多かった。

ジョンがこんな風に目をキラキラさせ始めたら、何を言っても無駄だ。気が弱いくせに頑固《がんこ》なところがあるので、これ以上この話はできないだろう。諦めて、ジャスミンはジョンの肩に乗った。

「今日はね、悪い人を呑み込んでしまう闇についての話だよ」

本に夢中になるジョンに相槌《あいづち》を打ちながら、ジャスミンは考え事に頭を巡らせる。

ジョンの怪我は大怪我というほど酷《ひど》いものじゃない。けれど、毎日新しい傷を作ってくるとなると話は別だ。

ジャスミンが知らない時間、つまりジョンが学校に行っている間に何かが起こっている。

ジョンが話してくれればよかったが、この様子だと何があっても話さないつもりだろう。

そうなるともう、自分の目で確かめるしか方法がなかった。


翌朝、ジョンがいつも通り学校に行くのを見送ったあと、ジャスミンは行動を開始した。

わずかに開いたドアの隙間から、するりと外に出る。ドアの隙間に本を挟んでおいてよかった。

窓から外に出ることも考えたが、野良猫や鳥が入り込んでジャスミンを狙ったら大変だと、ジョンは窓には特に注意して戸締まりをしていた。そもそも、ジャスミンひとりの力では窓を開けられない。たとえ窓を開けられたとしても、そこから出ようとは思わなかった。ジョンの家はアパートメントの三階で、うっかり足でも滑らせようものなら、今度こそ身体が砕けてしまいかねない。

部屋を出てすぐの狭いリビングを覗くと、ジョンの母親が編み物をしているところだった。そろそろ冬を迎えるので、ジョンのために手袋でも編んでいるのかもしれない。

見つからないように、物陰に隠れながら慎重《しんちょう》に進んだ。

ジョンは母親にジャスミンの話をしていない。男の子が拾ってきた人形を大事にしているとはなかなか言い辛《づら》いだろうし、ましてやジャスミンはただの人形じゃない。異形の人形と息子が仲良くしていると知れば、気味悪がってジャスミンを処分するように言うかもしれない。

ジョンは何も言わなかったが、大抵の人間が異形の者たちにいい感情を持っていないことくらい、ジャスミンだって知っていた。ジョンが読んでくれた本の多くに、書かれていたから。

ジャスミンは音をなるべく立てないようにそろり、そろりと玄関へ向かった。当然、玄関のドアは固く閉じている。ここから先の作戦も、ちゃんと考えてあった。

ジョンの母親は、ジョンが学校に行ってしばらくすると買い物に出かける。その時を狙って、一緒に外へ出るつもりだった。

靴の陰に隠れてじっと待っていると、ようやく母親が編み物の手を止める。買い物カゴを手に取る音に、ジャスミンはいつでも動けるよう身構えた。チャンスは一度しかない。

「今日は何にしようかしら」

母親が呟きながらドアを開けた瞬間、躊躇《ちゅうちょ》なく飛び出した。すぐにその場を離れたので、母親に見咎《とが》められることもなかったと思う。

ひとまず、家を出ることには成功した。問題はこの先、ジョンの学校がどこにあるのかということだ。

これまで公園や市場に連れて行ってもらったことはあっても、学校はなかった。

ジョンは本の話はよくするのに、学校での話はあまりしたがらないので、大まかな位置すらわからない。かといって、誰かに聞けば目立ってしまう。それどころか、人形が自力で歩いている姿を見られた時点で、大騒ぎになるだろう。ジョンに何が起こっているのか知る前に、ジャスミンが探っていることを知られてしまっては元も子もない。

「学校の名前だけでも聞いとくんだったわ……」

途方に暮れかけたジャスミンの目の前を、ジョンと同じくらいの年頃の子供が元気よく走っていった。それもひとりではなく、あとからあとから、よく見れば道のあちこちから子供たちが同じ方向を目指して駆けていく。その様子を見て、ピンときた。

学校とは、多くの子供たちが通う場所だとジョンが言っていた。つまり、この子供たちのあとをつけていけば、きっと学校にたどり着ける。

予想は的中し、しばらくすると子供たちが向かう先に大きな建物が見えてきた。あれが、学校だろう。

ジョンはどこにいるのだろうかと目を凝《こ》らすと、少し先に見慣れたバッグを背負った背中が見えた。けれどその背中には、家を出た時のような元気はなく、足取りも重い。とぼとぼ歩いているものだからジャスミンも追いつけたのだが、あまりに元気がない様子に心配になった。すぐにでも駆け寄りたい気持ちを抑え、慎重にあとをつける。きっと元気がないのは、毎日の怪我と何かしら関係があるはずだ。

ジョンにも、他の子供にも見つからないようにあとをつけるのは難しかった。それこそ学校の中に入ってしまったら、ついていくのは難しいだろう。建物の中には、道路のように隠れられる茂みはない。

学校の中でのことは、どうしたら知ることができるだろう。そう悩んでいる間に、ジョンは学校の門をくぐろうとしていた。けれど、ジョンがそのまま門を通り過ぎることはなかった。門の前で、ふいに転んだのだ。

「あ！」

思わず漏れた声に、慌てて両手で口を押さえた。幸い、誰にも気づかれていない。

そろそろと茂みから顔を出し、ジョンの様子を窺う。まさか本当に転んでいたとは思わなかった。しかし、ただ転んだのではない。

「よお、ジョン。今日こそ、気持ち悪《わり》ぃ人形持ってきたか？」

ジョンよりもひと回り以上も身体の大きい男の子が、ジョンを見下ろしていた。にやついた顔から、その子がジョンを突き飛ばして転ばせたのだとすぐわかった。

「黙ってないで何か言いなよー」

反対側から声をかけたのは、ひょろりと背ばかりが大きい子で、意地悪そうな目をしている。

「……連れてきてないよ」

ジョンは小さく言い返し、のろのろと立ち上がった。そこをまた、身体の大きな子がドン！と強く押す。よろめいたジョンを、反対側にいた痩《や》せた子がさらに押し、ジョンはまた転んでしまった。砂利についた手が痛そうで、ジャスミンは思わず目をぎゅっと閉じる。

「聞いたか、今の？」

「聞いた聞いた」

「連れてきてない、だってよ」

「ジョンくーん、人形は持ってくる物で、連れてくる物じゃないんですよー」

「…………」

ゲラゲラと笑うふたりを無視して、ジョンが立ち上がった。

「何度言われても、返事は同じだよ」

小さい声だったけれど、決然とした態度にジャスミンは驚いた。てっきり、泣き出してしまうかと思ったのに。実際、目は潤《うる》んでいるようだったけれど、泣くものかと唇はきつく引き結ばれている。

「出たよ。いいじゃん、見せるくらい」

「そうそう。大事な大事なお人形ちゃんなんでしょー？」

「話しかけちゃうくらいな！」

ぎゃはは、とまたふたりが笑う。

助けに飛び出したかった。「何してんのよ！」と怒鳴りたかった。

けれど、できない。

ジャスミンが今出ていってしまったら、ジョンはきっと余計いじめられる。

いじめに遭《あ》っているその原因こそ、ジャスミンなのだから。

誰か他に助けてくれる子はいないのかと辺りを見回したが、心配そうな顔で遠くから見ている子はいても、声をかけようとする子はいなかった。おそらく、ジョンを庇《かば》うことであのふたり組に目を付けられることを恐れているのだろう。

ジョンは悔《くや》しげに何かを言いかけたが、何も言わずに走っていってしまった。ふたりはそれを追うことまではせず、ジョンの背中を指差して笑う。

毎日、毎日、増えていく小さな傷。その理由が、やっとわかった。

わかったのに、何もしてやれない悔しさにジャスミンはワンピースの裾をきつく握りしめる。

——ジャスミンはやさしくてかわいい、ぼくの最高の友達だよ。

いつだったか、ジョンが言ってくれた言葉を思い出した。

ジョンが自分のせいでこんな辛い目に遭っているなんて、知らなかった。それなのに、ジョンは毎日何も言わずにジャスミンに笑いかけてくれた。

大丈夫だよと笑顔を向けながら、何を考えていたのだろう。いってきます、と毎朝家を出る時、怖くはなかっただろうか。

自分がもっとしつこく問い詰めていたら——。

でも頑固なジョンのことだ。ジャスミンがいくら問い質したところで、何も言わなかっただろう。ましてや、ジャスミンのせいだとは絶対に言わない。

「……泣き虫のくせに」

最高の友達。

その言葉だけで、十分だったのに。

握りしめていた拳を解き、ゆっくりと立ち上がる。自分の小さな手足を見下ろし、軽く動かした。異形の人形でなければ動かないそれは、人間の手足のように滑らかに動く。そのことを確認してから、ジョンのいなくなった道をまっすぐ見つめた。

あの子に最高の友達だと言ってもらえた自分には、やることがある。


夕方になるまで、ジャスミンは茂みに隠れたまま動かずにいた。

子供たちがばらばらと学校から出てくる時間になり、ジョンを見逃さないようにと目を凝らす。しばらく待っていると、ジョンが朝と同じように俯き加減に歩いてくるのが見えた。周りには誰もいない。

「ジョン」

ジャスミンが茂みから出ていくとジョンは驚きで目を丸くしたが、すぐはっとしたように辺りを見回し、ジャスミンを腕に抱こうとした。その手をひょいと避けて、ジョンを見上げる。

「ジャスミン！　どうしてこんなところにいるの？　誰かに見つかったら大変なのに……」

「誰に見つかったら大変なの？」

「え？　それは……み、みんなだよ！」

明らかに、特定の誰かに見つかるのを怖れている。もちろん、あのふたり組だろう。

ジャスミンがジョンを待っている間、あのふたり組の姿は見ていなかった。つまり、まだ学校に残っているということになる。

「だから早く隠れて！」

ジョンが再度ジャスミンに手を伸ばしたが、遅かった。

「おい、ジョン」

後ろから聞こえた声に、ジョンが青ざめる。振り返る間もなく、ふたり組はジョンに追いつくと乱暴に後ろから肩に腕を回した。親しげにも見える行為だが、首が圧迫されているのか、ジョンは苦しげに眉を寄せている。

痩せた子のほうが、ジョンの前に立っているジャスミンに気づき、わざと驚いたような声を上げた。

「うわあ、びっくりしたー！　こんなところに人形がある！」

「なんだよ、ジョン。やっぱり持ってきてたんじゃん！」

「違う！　ぼくじゃなくて……」

「ジョンが持ってきたんじゃなきゃ、誰が持ってきたんだよ？　人形が勝手に歩いてくるはずないだろー？」

痩せた子が小馬鹿にしながらジャスミンへと手を伸ばす。

「やめて！」

ジョンが慌てて止めようとしたが、その身体はがっちりと大柄な子に押さえつけられていた。

「ちょっと見せてもらうだけだってー」

痩せた子の手がジャスミンを無造作に掴もうとする。けれどその手は、スカッと空《くう》を掴んだ。

「え？」

どういうことだと首を捻《ひね》り、また手を動かす。当然、ジャスミンはその手も避けた。その途端、痩せた子が「ひ！」と顔を引きつらせる。

「こ、この人形動いてる！」

「は？　お前までバカなこと言うなよ。人形が勝手に動くわけないじゃん」

「で、でもほら！」

指差され、ジャスミンは目を細めた。

「ちょっと、レディに向かってその態度はないんじゃないの」

今度は、大柄な子が青くなる番だった。

「な、なんだよこれ!?　人形が！　人形がしゃべってる！」

腰でも抜けたのか、ふたり組は揃って尻餅をついて、ジャスミンから少しでも離れようと後退る。ジョンはそれをおろおろと見つめていた。

「ジョン！　お前、この人形なんなんだよ！」

「何って言われても……」

「……ぼ、僕知ってる。これ……異形のヒトだ！」

異形のヒトだと聞いた大柄な子の顔が、青を通り越して白くなる。

「た、食べられちゃうよ！」

「ジョンが呪いの人形なんか持ってるせいだぞ!!」

まさかここまで怖がられるとは思わなかった。

ジャスミンは逃げようにも逃げられないふたり組を、無感情な赤い瞳に映す。ジョンはジャスミンとふたり組を交互に見ることしかできないようだった。

これで、ジョンがこのふたりからいじめられることはなくなるはずだ。けれど、いじめられずとも呪われた人形を持っているという噂《うわさ》が広まれば、ジョンはみんなから避けられてしまうだろう。それは、ジャスミンが望む結果ではなかった。

まだ、やるべきことがある。

ジャスミンはできるだけ不敵に見えるように、小さな唇を引き上げた。

「よく知ってるのね。そう、あたしは呪われた異形の人形よ」

「ひいい、やっぱり！」

「た、食べないでえ！」

ふたり組は情けなく、ジョンの後ろに隠れるように身体を小さくしている。ジョンはそのふたりを突き放すこともできないまま、困惑顔でジャスミンを見つめた。

「ジャスミン……どうしたの？」

「気安く名前を呼ばないで。あんたなんて、あたしのエサに過ぎなかったんだから」

「え……？」

ジョンの澄んだ瞳が、驚きに凍りつく。

「でも、その後ろにいる子供のほうが、身体が大きくて肉付きが良さそうだから、そっちにしてあげてもいいわ」

「ぼ、僕は痩せてるから美味《おい》しくないです！」

「あ、お前！　お、オレだって脂肪だらけでマズイって！」

「待ってよ、ふたりとも。ジャスミンは人間を食べたりしないよ！　そうでしょ、ジャスミン？」

「何言ってるの？　食べるわよ。今まで食べなかったのは、あんたが肥えるのを待ってただけ。でももういいわ。三人もいれば食べるのに困らないから」

「ぎゃあ、ママー！」

「ピーピーうるさいわね。あんたたちなんか、闇の中に放り込めば簡単に食べられるのよ」

「闇!?　闇って呑まれたら二度と出られないっていう……。ジョ、ジョン！　お前なんとかしろよ！　いっつも難しい本ばっか読んでんだから、なんか知ってるだろ!?」

「ジャスミン、本当にどうしちゃったの!?　きみだって知ってるでしょ？　闇は人間を食べるんじゃなくて……」

「うるさい！　あたしは人間が嫌いなの！　だから片《かた》っ端《ぱし》から闇に放り込んで、頭からバリバリ食べてやるのよ！　まずはその太っちょから食べてやるわ！」

「嫌だぁああ！」

「やめて！　やめてよ、ジャスミン！」

ジャスミンが飛びかかる姿勢を見せた瞬間、ジョンが大柄な子を庇うように抱きしめた。

あんたなら、そうすると思った。

ジャスミンは飛びかかろうとした体勢をわざと崩し、地面へと倒れ込む。

「きゃあああ！　な、何をしたの!?」

「えっ!?　ジャ、ジャスミン!?」

土埃を上げて大げさに暴れるジャスミンに、ジョンが急いで駆け寄ろうとした。けれどその手を、大柄な子と痩せた子が掴んで引き留める。

「ジョン！　すげえよ！　お前、異形のヒトをやっつけたんだろ!?」

「ジョン！　見直したよー！」

「ち、違うよ！　ふたりとも、手を離して！」

ジャスミンの元へ向かおうとするジョンの手を、ふたりはしっかりと掴んで上下に揺らしていた。それは、ジョンに以前教えてもらった、握手だった。

これで、あたしの役目はおしまい。

ジャスミンは「ありがとう」と小さく呟いてから、素早く後ろへと飛んだ。

「今日のところは食べないでおいてあげるわ！　けど、またいつ戻るかわからないわよ！」

捨て台詞を残し、道路脇の排水溝に飛び込む。

「待って！　ジャスミン！　ジャスミン!!　どうして!?」

背中に、ジョンの悲痛な叫びが投げられた。

ギシギシと、痛みを感じることのないはずの身体が、胸が、痛む。その痛みに堪《た》えながら、ジャスミンは走り続けた。ジョンの声が届かなくなる場所まで、きれいな衣装を泥で汚しながら。


ようやく排水溝を抜けた頃には、辺りはすっかり暗くなっていた。

ジャスミンの服も身体も泥だらけで、きれいだとあの人に褒めてもらった髪も、かわいいとあの子が言ってくれた顔もどろどろで暗闇に溶け込んだかのようだった。

汚れた身体のまま、ジャスミンは歩き続ける。どこへ向かっているのかは、自分でもわからなかった。泥が詰まってしまったのか、足の関節が上手く動かず、よろめく。その身体を、車のライトが明るく照らし出した。

「ツ――!!」

ジャスミンの軽い身体が、大きく跳ね飛ばされる。身体が砕けてしまわなかったのが不思議なくらい、強い衝撃だった。

道路の脇に打ちつけられた身体は、ただの人形になってしまったかのように動かない。いよいよ、壊れてしまったのかもしれない。でもそれも、どうでもいいことだった。

どのくらいそうしていたのだろう。ふいに、平べったい金属のような物で挟まれ持ち上げられた。

何が起こったのかと思っていると、ジャスミンをトングで挟んだ人間は無造作にジャスミンを放り投げる。ゴン、と鳴った金属音とゴミだらけの景色を見て、また捨てられたのだということがわかった。

これでよかったのだ、これで。

ジョンはもう、あの子たちにいじめられることはないだろう。ジャスミンに騙《だま》されていたと思って悲しい気持ちにはなるかもしれないけれど、その傷はきっと、新しい友達が癒《いや》してくれる。

ジョンには、人間の友達が必要だ。

すべて自分の考えた筋書き通りにいったと思うのに、苦しくて堪らない。

痛みなんてわからないのに、胸が押し潰されそうだった。

どうして、あたしは異形として生まれたのだろう。

ただの人形として心など持たなければ、こんな思いをすることはなかった。人間と出会っても、こんなに……別れの時が寂しいだなんて思うことはきっとなかった。

早く終わりにしたい。

こんなに苦しくて悲しくて寂しい思いなんて、早く消してしまいたい。

固く目を閉じ、暗闇の世界で待っていれば、心ごと壊してもらえるだろうか。もしそうなら、できるだけ早く壊してほしい。

あの人が不完全だと言い、あの子がかわいいと言った目も、もう二度と開くことはないだろう。

そう思っていたのに、まるでそれは駄目だと言うかのように、「何をしているの」と頭上から声が降ってきた。

目を開ける気にもなれず、

「見てわからない？　壊されるのを待ってるの」

ぶっきらぼうに答えた。相手が人間なら、これでまた逃げ出すだろう。けれど、本当に相手が人間だったら、そもそも泥だらけの人形に話しかけたりするだろうか。

不思議に思って目を開けると、ジャスミンを覗き込んでいたのは不思議な仮面をつけた、異形のヒトだった。

「どうして壊されることを望んでるんだい？」

「それは……これ以上、人間と関わりたくないからよ」

自分以外の異形のヒトを見るのは初めてだったけれど、緊張はしなかった。むしろ、昔から知っているかのような気安さがある。これが、同族というものなのだろうか。

「……人間が嫌いか？」

異形のヒトが聞いた。

「ええ、大嫌いよ」

嘘はついていない。人間なんて大嫌いだ。勝手に魂を吹き込み、勝手に捨て、勝手に拾って、勝手にやさしくした……。

「だったらどうして……君はそんな悲しそうに泣いているの」

「え……？」

手で触れると、雨も降っていないのにジャスミンの頬は濡れていた。

＊＊＊

随分と昔のことを思い出してしまった。

それもこれも、ノアが追いかけて来たりするからだと、ため息をついて立ち上がる。

思ったより長い時間考え事に耽《ふけ》っていたのか、日が傾き辺りは茜《あかね》色に染まっていた。そろそろ、戻ったほうがいいだろう。

オッドマンに拾われたあと、ジャスミンはこの異形のサーカスに入り、客人たちのために芸を磨く毎日を過ごしてきた。そのことに、後悔はない。けれど、たまに考えてしまう。

ジョンは、ちゃんと友達を作れただろうか、と。

ジャスミンが心配しても仕方のないことだとわかっていたから、様子を見に行くようなことはしなかった。今はもう、すっかり大人になっているはずだし、顔を見てもジョンかどうかわからないかもしれない。

年を取らない自分とは、違うのだから。

それ以上考えないようにとジャスミンが足を速めた時、サーカスのテントの入口に立つノアの姿に気づいた。まさか、まだジャスミンに薬を塗るのを諦めていなかったのだろうか。

反射的に逃げ腰になったが、逃げ出すよりも先にノアがこちらに気がついた。見つかってしまっては、今さら逃げたところですぐに捕まってしまう。

諦めて歩き寄ると、ノアがジャスミンの前にしゃがみ込んだ。

「さっきはごめんなさい。薬が効かないって知らなかったの」

「……別に、わかればいいわ」

「うん。……それでね」

ノアはポケットをごそごそしていたかと思うと、赤い毛糸で編んだ小さなポンチョみたいなものを取り出し、ジャスミンへと差し出した。

「そろそろ寒くなる季節だから、作ってみたの。ジャスミン、いつも薄着だから」

「…………」

「着てみて」

なんと言ったらいいのかわからず、ジャスミンはおとなしくそれに袖を通した。

「よかった。ぴったりみたい。ジャスミンのきれいな目の色と同じ色にしてみたけど……うん、よく似合ってる」

「……まあ、あんたにしちゃよくできてるんじゃないの」

「ありがとう。これで、寒い日も平気だといいな」

渡すと満足したのか、ノアは先にサーカスのテントに戻っていった。

その背中が完全に見えなくなってから、少し笑って毛糸に顔を埋める。

「……だから、人間は嫌いなのよ」

意味がないのに、と言いながらも、ジャスミンは寒さも暑さもわからないはずの胸の奥が、ぽっとあたたかくなるのを感じていた。

第三章

ナイフ投げのビリー

青い空、白い雲――木の上には、猫。

穏やかな風が、ビリーのグレーの毛並みをやさしく撫でていく。

（あーあ、暇だなァ……）

鋭い牙《きば》が覗く口を大きく開け、欠伸《あくび》を一回。これでもう何回目の欠伸になるかわからない。

今日はサーカスが休みなので、ナイフ投げの舞台ももちろん休み。他の団員はこの休みを利用して自分の技に磨きをかけたり、デートをしたり、研究に没頭したり、趣味に勤しんだりと何かと忙しそうにしているのに、ビリーには何ひとつ用事がなかった。

さっきまで昼寝をしていたのだが、それも木の下から聞こえてくる笑い声のせいで、目が覚めてしまった。今も、木の下ではノアとレベッカが楽しそうに何かをしている。たぶん、ビリーがいることに気づいていないのだろう。

太い枝の上でごろりと仰向けになると、葉っぱの隙間からのんびりと飛んでいる鳥が見えた。

（あ、いいこと思いついちゃっタ）

飛んでいるあの鳥にナイフを投げて、ノアたちの上に落としたらきっと面白いことになる。

悲鳴があがるところを想像するだけで、ワクワクした。

いい暇潰しにもなるだろうとナイフを構えた時、

「ちょっと、ビリー。やめてちょうだい」

下から声をかけられた。

投げる直前だったナイフをしまい、身体を捻って下を見る。

「なんだ、気づいてたノ」

「それくらいわかるわよ。おとなしく昼寝をしてるだけなら、そっとしておいてあげようと思ったけど、変なイタズラはお断り」

目も耳もはっきりそれとわかるものを持っていないくせに、レベッカは妙に勘が良い。鳥を落とす前に気づかれていたのでは面白みも半減してしまうので、ビリーは暇潰しを諦めて軽やかに地面へと降り立った。

「ン？　なんでお嬢ちゃんは変な顔してるノ？」

ノアはぽかんと口を開けたまま、大きな目を瞬かせる。

「……いるの、全然気がつかなかった」

「あ、それ驚いてた顔なんダ？　顎《あご》でも外れたのかと思っタ」

「あんたって、ほんとデリカシーがないわね」

呆れたように言われたが、どうでもよかった。それよりも、気になるのはノアの手。正確には指に引っ掛けるようにしているものだ。

「ねぇ、それ何？　何してたノ？」

「これ……？　これはあやとり。レベッカに教えてもらってたの」

「あやとリ……」

『明日はあやとりを教えてやるよ！』

ふっと頭の中に蘇った幼い少女の声に、ビリーは目を細めた。

（まだ覚えてたとか、笑えル……）

もう、思い出すこともないと思っていた、遠い昔の約束。

「何よ、あんたあやとりに興味があるの？」

レベッカに話しかけられ、我に返った。

「そんなわけないでショ」

「あやとり、楽しいのに」

ぽつりと落とされたノアの呟きに、ほんの少しだけ心が動いた。でも本当に少しだけだったので、無視をする。

「どーでもいいヨ。そんなに楽しいなら、ふたりでずっとやってれバ？」

「言われなくても、あたしたちだけで楽しむわよ。さあ、ノア。あんな猫無視して、続きを教えるわね」

これみよがしに言われたが、反論するのも面倒臭くてふたりのそばを離れた。

宣言通り、ビリーがいなくなってもふたりはあやとりを続けている。それを遠目に眺めながら、また別の木の上に登った。

あやとりという遊びがなんなのか、ビリーは知らない。あんな紐《ひも》を使うということも、初めて知った。

正直、見ているだけでも全然、まったく、面白そうには見えない。それなのに、ノアもレベッカも楽しそうに笑っていた。

そんなに楽しいものだったら、あの時教えてもらえばよかった。

（……違ウ。あの約束は、壊されちゃったんだッタ）

あやとりを教えるとビリーに約束した、あの子。

かつて、驚かす以外の目的で人間と共に過ごした時間のことを、ぼんやりと思い出す。

＊＊＊

あれは裏の街で戦争が起こり、ビリーが驚かさなくてもそこら中が悲鳴であふれていた頃のことだ。

人間が人間に怯《おび》える姿は面白かった。けれど戦争が進み始めると、どんどん街の人間の顔から生気が消えていき、悲鳴も小さくなっていった。

原因は、絶望だ。

戦争に加え、流行病《はやりやまい》が蔓延《まんえん》した街は絶望に呑まれ、面白みが何もなくなってしまった。

暗い穴みたいな目をして、なんの反応もしない人間はつまらない。

裏の街にいることに飽《あ》きてしまったビリーは、面白いことを求めて新しい街へと移動した。

その街はまだ戦争の被害を受けておらず、活気にあふれていた。ここなら、イキの良い人間がたくさんいる。たくさん、悲鳴をあげさせることができる。

まずはどこから手をつけようかと、人気《ひとけ》のない丘から市場の様子を窺っていた時だった。

「ちょっと、そこに立たないでくれる？」

すぐ足元から聞こえた声に、ぎょっとする。ほんの一瞬前まで、誰の気配もしなかったからだ。

ビリーが飛び退くようにその場をどくと、草むらからゆっくりとそれは起き上がった。

痩せ細った華奢《きやしや》な身体から子供だとわかったが、ボサボサのくすんだ金髪で顔が隠れていて性別まではわからない。

子供は髪にも、使い古されたオーバーオールにも、そこかしこに草をくっつけていた。その状態で草むらに寝転んでいれば、確かに姿は見えづらかっただろう。けれど、ビリーが人間の臭いに気づかないはずがない。

「……あんた、何？　人間に見えるけど、臭いがしないなんておかしいヨ」

こうして目の前に立って見ても、市場から流れてくる人間の臭いにまぎれて、目の前の子供の臭いはほとんどしなかった。人間ならば、もっと肉や野菜といった食べ物や、香水や石けんといった人工物が汗や垢となって臭うはずだ。

どうしてこの人間はそんな、人間らしい臭いがしないのか。

ビリーからすると、臭くないだけマシな人間ということになるが、説明はつかない。

「臭いってなんのこと？　おかしいって言われても、そんなのわかんないし」

「臭いは臭いだヨ。食べ物とか石けんとかそういう、人間っぽい臭イ」

「ああ、そういうの……。それなら、ろくなもん食べてないし、石けんなんて高価な物使ってないからじゃやない」

素っ気ない子供の返答に、なるほどそれでかと納得した。そういう種類の人間も、この世界にはいるらしい。

ビリーがひとりでふんふんと頷いている間、子供は長い前髪の向こうからビリーをじっと見つめていた。

そういえば、大抵の人間はビリーの姿をひと目見ただけで悲鳴をあげて逃げ出すのに、この子供は悲鳴をあげるどころか、逃げ出す気配すらない。よほど度胸が据《す》わっているか、それとも……。

（チビって動けなくなっちゃったかナ♪）

それなら、逃げ出さないのもわかる。

人間の中には、極度の恐怖を感じると急に饒舌《じょうぜつ》になる者もいた。この子供もそっちの部類なのだろう。

最初に調子を狂わされたけど、今から遊べると思えばそれも帳消しだ。さて、どんな風に怖がらせてやろうかと舌なめずりをすると、また出鼻《でばな》をくじくかのように子供が口を開いた。

「あんたのその頭、本物？」

「はァ？」

「だからその猫みたいな頭。本物かって聞いてんの」

はっきりと指差され、カチンときた。

「ねぇねェ、ヒトを指差しちゃいけないって習わなかっタ？　人間でも異形のヒトでも、指なんて差したらその指、食いちぎられても文句は言えねぇヨ」

ギザギザの歯をこれみよがしにガチリと鳴らしてみせる。

ここで悲鳴が……聞こえなかった。

子供は草だらけの髪をボリボリと掻いてから、ちょこんとわずかに頭を下げる。予想外すぎる反応に、ビリーはわざと見せていた歯をとりあえずしまった。

「その……ごめん。指差しちゃいけないとか、知らなくて」

「あー……うン。知らなかったなら仕方ないナ」

どうにもこうにも調子が出ず、子供と同じようにビリーも頭を掻いた。

「それで、その頭は本物？」

「だから指差すなっつーノ！」

懲りずに指を向けてきたので、反射的にその指を叩き落とす。

「いてッ！」

子供は髪の隙間から恨《うら》みがましい目で見てきたが、指をナイフで切り落とされなかっただけマシというものだ。

「だって気になるし！　猫の頭が本物ならいいけど、被りもんだったら顔隠してるってことだろ!?　そんな人間、信用できない」

「ボサボサ頭で前と後ろの見分けもつかないおめーに言われたくねぇヨ！」

「なんだとー！　ちゃんとこっちに目がついてんだろ！」

子供は意地になったように、自分の前髪を両手で左右に掻き分けた。目がこっちを向いているくらい知っているので、驚きもしない。けれど、髪をどけてみると子供は思ったよりも整った顔立ちをしていた。干したい草のような柔らかいアッシュグリーンの瞳もなかなか知的に見える。

「これでわかったろ！　それで、あんたの顔はどっちだよ？　本物？　偽もん？」

「本物だヨ。おれは異形のヒトだからネ」

ここまで言えば、いくら子供でも悲鳴をあげて逃げていく。と思ったのだが、子供は何を考えているのかビリーの喉元《のど》に手を伸ばしてきた。反射的にナイフを掴む。たとえナイフでも、子供の細い首くらい簡単に切り落とすことができる代物だ。

――殺してしまおう。

本能にも近い感覚で子供の後ろ首にナイフをあてがった。けれど、髪を数本切り落としただけで、それ以上指が動かない。

(なんデ？　こんな子供、さっさと殺しちゃえばいいだけなのニ)

自分でも訳がわからず首を傾げていると、子供の細い指が喉に触れた。

「よーしよしよし。やっぱり猫といえば、これだよな！」

うれしそうに喉をやさしく撫でられ、勝手に喉が鳴る。

「……あんた、何してんノ？」

「撫でてる。猫ってこうされるのが好きなんだろ？　ゴロゴロ言ってるし」

「…………」

「異形のヒトってよくわかんないけど、あんたみたいに猫っぽいのもいるんだな」

怖がるどころか、子供はビリーの喉を撫でるのに夢中になっている。懸命に背伸びをし、上を向いて撫でているので、髪が流れてその顔がよく見えた。

（人間の子供って、こんな感じだっケ？）

大人だろうと子供だろうと、ビリーを見るとみんな悲鳴をあげて逃げ出した。こんな風に、わざわざ近寄ってくる人間なんていなかったので、よくわからない。

ゴロゴロと喉を鳴らしながら、どうしてこの子供を殺せないのか考えた。

手の中のナイフはよく研がれているし、調子も悪くない。ほんの少し、指を動かすだけで目の前の子供は物言わぬ物体に成り果てる。でも、その指が何故か動かない。

この子供の何が特別なのだろう。

ちょっと顔がいいくらいで、あとは薄汚いだけのそこら中にいるガキのうちのひとりに過ぎない。目の色は、少し気に入ったけど。

（あれ、そういえばこんな目の色の人間を見たことがあル。……そうそう、確かオッドマンがこんな日の色をした人間の女の子と会ってたんだっケ）

あの時は、異形のヒトと仲良くなれる人間が珍しくて、興味を持った。そんな人間、滅多にいないからだ。

(あ、それダ!)

この子供も、ビリーを見ても逃げ出さない。だから、興味が湧いたのだ。

面白いものは、殺せない。

「そっかそっカ♪　そういうことだったんダ♪」

「なんだよ？　そんなに喉撫でられるのがうれしいのか？」

「違うヨ。って、ちょっト！　いい加減、撫ですギ！」

「えー？　いいじゃん。減るもんじゃないし。あ、そうだ。あんたの名前教えてよ」

子供はこの世に怖い物など何もないかのように、ビリーの周りをくるくると回った。それを追いかけると目が回りそうだったので、ひょいと足を出す。

「うわ！」

計算通りに転んだ子供を見て、ビリーは笑った。

「ひひヒッ、転んでやんノ」

「あんたが足引っかけたんだろ！　ったく、危ないな〜」

「チョロチョロするほうが悪いんだヨ。それにヒトに名前を聞く時は、まず自分から名乗るのが礼儀ってもんじゃないノ？」

何が人間の礼儀なのかなんてビリーにもわからなかったけれど、そんなことを言う人間もいた気がする。かなり曖昧《あいまい》な記憶だったが、子供にはそれで十分なようだった。

「う……そうなのか？　そういう、マナーとかっていうのよくわかんないんだよ。えっと……あたしはミカ。これでいいのか？」

「そうそう……ン？　あたシ？　あんた、もしかして女？」

「なんだよ、女じゃ悪いかよ！」

「悪くはないヨ。意外だっただけデ」

乱暴な口調から、てっきり男の子だとばかり思っていた。

(ま、どっちでもいいカ)

むしろ、女の子のほうが興味深い。オッドマンが会っていたのも、女の子だったからだ。ビリーがちょっかいを出そうとしたら、本気で怒っていたのを思い出す。

普段、感情らしい感情を表に出さないオッドマンが執着《しゅうちゃく》したもの。

まったく同じではないけれど、似たもので遊べるならこれ以上面白いことはない。

(しばらくは、退屈しなそうだナ♪)

「ま、別にいいけど。それで、あんたは？　ちゃんと名乗ったんだから、名前教えてくれよ」

「おれはビリー」

「ビリーか。うん、あんたに似合ってる。よろしくな、ビリー」

ミカはにっと笑うと、汚れた小さな手を差し出した。

「……なぁニ？」

「何って、握手。色んなこと知ってるくせに、それは知らないのか？　こうやって、手を繋ぐんだよ」

ミカはビリーの手を掴むと、ぎゅっと握る。その手は、手袋越しでもぽかぽかとあたたかかった。今までナイフ以外握ったことなんてなかったから、人間の手がこんなにあたたかいものだなんて、初めて知った。


翌日から、ミカはビリーが木の上で昼寝をしているとやってきて、自分も同じように木に登って昼寝をするようになった。

ミカは毎日昼過ぎにはやってきて、夕方になるとどこかへ帰っていく。

（人間の子供って、学校とかいう場所にいくんじゃなかったっケ？）

ビリーが見ている限り、ミカが学校にいっている様子はなかった。それどころか、他の人間と話しているようなところも、何かを食べているところも見たことがない。どうやって生活しているのか、さっぱりわからなかった。

「ミカって暇なノ？」

「なんだよ、急に」

毎日昼寝ばかりで飽きてきたので聞いてみただけなのだが、ミカは露骨に嫌そうな顔をした。あまり、聞かれたくないことらしい。そうとわかれば、これは聞かないわけにはいかない。

「だって、毎日ここに来て寝て帰ってるだけじゃャン」

「それはあんただって一緒だろ」

「おれは夜行性だからいいノ。でも人間は違うよネ。ねぇ、ミカってやることないノ？　学校いかなくていいノ？」

「っ……あたしは、いいんだ」

「なんデ？」

「いいったら、いいの！」

ミカは怒って立ち上がると、ずんずん歩いていく。ビリーも木の上から飛び降り、それを追いかけた。

「……ついてくんな」

「どこにいこうとおれの勝手でショ」

「…………」

「ねぇ、どこいくノ？　家に帰るノ？」

「……うるさいな。街に戻るんだから、あんたはついてくんな」

「なんデ？」

「なんでって、あんたがきたらみんな逃げるぞ」

「だからラ？」

「だから……え、怖がられたら嫌じゃないのか？」

きょとんと目を丸くして、ミカが足を止めた。そのまんまるな澄んだ目を見て、この目をくりぬいたらさぞきれいだろうなと思う。でも、ナイフは握らなかった。

「人間に怖がられるのなんて当たり前じゃン。きゃーって叫んで逃げてくの見るの、サイコーに面白いよネ」

「ふ〜ん。変なの。あんたが嫌じゃないならいいけど、あたしがすることに文句は言うなよ」

「何する気？」

「知りたいならついてくれば」

ついてくるなと言ったり、ついてこいと言ったり、人間の言うことはやっぱりよくわからない。

（それが面白いんだけどネ）

「もちろん、ついていくヨ」

「あっそ。……でもあんた目立つよなあ。う〜ん……あ、そうだ！　いいこと思いついた！」

ミカはまるでビリーのように目を細めて、にやりと笑った。


「……ちょっと、どういうコト？」

「だってあんた、目立つんだもん。こうする以外、方法がないでしょ」

「だからってさァ……」

ビリーはミカに手を引かれて歩いていた。そうしないと、前が見えないからだ。

ビリーの頭にはスッポリと大きな紙袋が被せられていて、視界は真っ暗。自慢の耳も、ガサになっている。

ゴソと鳴る紙袋のせいで役に立たないし、鼻も、紙袋に入っていたらしいリンゴの香りでバカ
「目の部分に穴開ければいいじゃン」

「だーめ。あんたは目が見えるだけでも猫だってバレちゃうよ」

猫じゃなくて異形のヒトだと言ったところで、状況は変わらないだろう。ついていくと言っ
たのは自分だが、これでは面白いことが起こったとしても気づかないうちに終わってしまいそ
うだ。

「よし、あんたはこの辺りにいてくれ。あたしはちょっと仕事してくるから」

「仕事？　ミカって子供じゃないノ」

「子供だけど、仕事がある子供もいるんだよ。いいから、あたしが戻ってくるまで隠れて
て！」

それだけ言うと、ミカが近くから離れた気配がした。臭いも音もよくわからないけど、ミカ
は体温が高いからそばを離れるとすぐわかる。

「隠れてて言われてもさァ。そもそも、ここドコ？」

ちょっとくらいなら言うことを聞いてもいいかと、ビリーはとりあえずその場に座り込んだ。

「いーち、にー、さー……あー、飽きてきちゃったタ」

ビリーに留守番ほど合わないものはない。

頭の紙袋に手をあてがったところで、少し離れた場所から怒鳴り声が聞こえた。

「この泥棒《どろぼう》！　待ちやがれ！」

「やばっ！」

小さく聞こえたのは、ミカの声だ。

「面白いことが起こってる予感♪」

バッと紙袋を取ってみると、そこは街の市場だった。

騒ぎが起こっているのは道の真ん中辺りで、ミカの前に大柄な男が仁王立ちになっているのが見える。ミカの服のポケットは何かで大きく膨《ふく》らみ、その両手には真っ赤なリンゴを掴んでいた。対峙しているのは山男のように見えたが、おそらく果物屋の主人だろう。

「またお前か！　何度うちのもんを盗めば気が済むんだ！　今日という今日はタダじゃおかねえぞ！」

「盗まれるほうが悪いんだよ！　捕まえられるもんなら、捕まえてみな！」

「なんだとぉ！　このクソガキ！」

ここからは、追いかけっこの始まりだ。と言っても、人であふれる道を走り回れるはずもなく、ミカが人混みに隠れるのを、大男が人を掻き分けて探していくという、かくれんぼに近いものだった。

「ミカの仕事って、これのことだったんダ」

もっと見やすい場所で見ようと、ビリーはぴょんと近くの屋根の上に飛び乗る。

「ん～、ここからならよく見えル♪」

小回りが利く分、追いかけっこはミカのほうが有利に見えた。ちょこまかと動き回り、上手いこと大男との距離を開けていく。

「お、いけいケ～」

しかし、この分なら逃げ切れそうだというタイミングで、ピーピー笛を鳴らしながら走ってくる警官の姿が見えた。ミカもそれに気づいたらしく、慌てて反対方向に走り出す。けれどそっちは大男がいるほうだ。

「せっかく面白くなってきたのに、邪魔しないでほしいなァ」

このままミカが捕まってしまったら、観察もしにくくなってしまう。まだミカで遊び飽きてはいないので、それは困る。

だったら邪魔なほうを片づけてしまおうと、ビリーはナイフを数本取り出した。

「よっ、ト！」

狙いを定めて、ナイフを素早く投げつける。

「うわ！　な、なんだ!?」

足元に急に現れたナイフに、警官が驚いて足を止めた。殺してしまってもよかったのだが、騒ぎが大きくなると追いかけっこも終わってしまうので、足止めだけに留めた。

「くそ、どこからナイフなんて……」

狙い通り警官が立ち止まったまではよかったが、問題はそのあと。

「み、見て！　あそこ！」

「ン？」

「きゃあ！　化け物よ!!」

「うわぁあ！　食われるぞ!!」

屋根の上にいるビリーを見つけた人間たちが、蜘蛛《くも》の子を散らすように走り出す。一瞬にして市場は我先にと逃げ出す人間たちでパニックに陥り、鬼ごっこどころではなくなった。ミカを追いかけていた大男も、人を押し退けるようにして逃げていく。

「あーあ、終わっちゃッタ。つまんないノ」

市場に残ったのはミカひとりだけで、辺りは踏み荒らされた荷物や市場の物であふれていた。

ミカは呆然とした顔で辺りを見ていたが、ビリーが屋根から下りてくると急に笑い出した。

「あは！　あははは！　おっかしい！　みんなの慌てっぷりったら！」

「人間が逃げるの見て笑う人間もいるんダ？」

「だってあの親父、命だけはお助けを～って！　いつもふんぞり返ってるくせに、なっさけないの！」

「まぁ、異形のヒトを見たら大抵はあんな感じだけどネ」

「へえ。ビリーって案外、すごいんだな」

「んだとォ！　案外じゃなくて、おれはすごいんだヨ」

「ま、おかげで助かったから、すごいってことでいいか。じゃあ、あいつらが戻ってくる前に行こう」

ミカがすぐに歩き出そうとするのを見て、ビリーは首を傾げた。

「今ならなんでも盗み放題なのに、盗まないノ？」

ミカのポケットはさっき盗んだ物で膨れたままだし、両手のリンゴもしっかり掴んだままだ。

泥棒が仕事なら、今ほど稼《かせ》ぎやすい時はないだろう。

「今日食べる分があれば十分。だからこれ以上はいらない。あ、ビリーの分もちゃんとあるから安心していいよ」

ほら、とリンゴを放られ、片手でキャッチした。リンゴなんて別に食べたくなかったが、そのリンゴだけは他の物とは違って特別に見えた。

「……ひひヒッ。へーんなノ」

「何笑ってんだ？」

「ちょっとネ♪」

オッドマンが人間を構っていた気持ちが、少しだけわかった気がする。

人間は少し変で、面白い。

ミカと並んで歩き出しながら、ビリーはリンゴを囓った。

「ミカっていつもこういう仕事してるノ？」

「こういうのは、たまにだよ。朝と夜は新聞配達してるし」

「新聞配ってるってコト？」

「そー。ここら辺じゃなくて、うちに近い場所でだけど」

「ふぅン……」

てっきりミカの家はこの辺りなのかと思ったが、どうやらそうではないらしい。

(それもそうカ……)

家の近くで顔を覚えられるほど盗みをしていたら、今頃捕まっているに違いない。

「朝働いて、昼は寝て、夜働いて、たまに泥棒して、それだケ？」

「それだけってなんだよ」

「じゃあ、他に何かしてル？」

「し、してるよ！　遊んでるし！」

急にムキになったように、ミカが大きな声を出した。

「遊ぶって何しテ？」

ビリーからすると、さっきの追いかけっこも遊びのように見えたが、ミカにとってあれは仕事の一環らしい。だとすると、他にどんな遊びがあるのかとちょっとワクワクする。

ビリーの期待が通じたみたいに、ミカが少し胸を張った。

「そうだな……。あやとりとか」

「あやとリ？　何そレ」

「えっ、知らない？　あやとり」

「知らなイ」

素直に首を横に振ると、途端にミカがにやりと笑う。

「あー、そう。知らないんだ？　どーしてもって言うなら、教えてあげてもいいけど」

「えー、じゃあいいヤ」

「そこは粘れってば！　もー、ビリーは変な奴だな。仕方ないから、明日はあやとりを教えてやるよ」

「別にいいヨー」

「いいや、もう絶対教える！　意地でも教えるから、明日、いつもの場所に昼に集合な！」

それは一方的に取り付けられた約束だったけれど、不思議と明日が待ち遠しかった。


翌日、ビリーは約束通りいつもの場所で昼寝をしていた。

約束を守ったというより、ずっとここで寝ているだけなのだが、やっていることとしては同じだ。けれど、待てど暮らせどミカはやってこない。

「……つまんないなァ」

太陽が傾き始め、空が赤く染まり出した頃、ビリーは木の上から飛び降りた。待っていてもこないなら、迎えにいけばいい。

ミカの家がどこにあるのかは知らないけれど、あれだけ一緒にいれば、いくら匂いの薄いミカでもあとをたどるくらいのことはできた。ただ、また人間に見つかると騒がれるので、一応は人通りの少ない道を選びながら向かう。そうしないとたぶん、ミカに怒られる。

（あレ？　怒られても別にいいじゃン）

ミカが怒ろうと、ビリーが困ることは何もない。それなのに、自然とミカの機嫌を損ねないようにしている自分に気がついた。

もしかして、人間のおかしなところが移ったのだろうか。

（そういえば、オッドマンも人間とつるんでるうちに人間臭くなってってたしなァ）

自分がそうなるとは思いもしなかったが、これはこれで面白い。

退屈でなければなんでもいいや、とビリーはミカの匂いを探し始めた。


日が暮れ始めると人間は家の中に入ることが多い。星も見えない闇夜ではなおさらで、街はしんと静まり返っていた。そのおかげでビリーはさして隠れる必要もなく、ぶらぶら歩く。

ミカ本人ではなくミカの家を探していたのだが、先に道ばたに落ちているミカを見つけた。

ミカは吹けば飛ぶようなオンボロの家のドアに寄りかかって座っている。座っているというより、かろうじて頭だけ起こしているような姿勢だったので、落ちているのと見間違えた。ミカはピクリとも動かず、俯いた顔には長い前髪がかかり表情が窺えない。小さな唇の端は切れて、血が滲んでいた。

「……もしかして死んでル？」

ビリーがひょいとミカの前にしゃがみ込むと、

「……死んでる。っていうか、死んだふりしてる」

思ったよりもはっきりとした返事がある。

「なんで死んだふりなんかしてるノ？　約束忘れちゃっタ？」

顎を掴んで上向かせると、傷が痛むらしく顔をしかめた。よく見れば、目の周りにもアザが浮かんでいる。どう見ても、誰かに殴られた傷だった。

「約束は覚えてた。けど、ちょっと色々事情があって。……ごめん」

謝られてしまうとつまらない。ふうん、とビリーはミカから手を離した。

一見するとミカの怪我は顔だけのようだが、それにしてはずいぶんと弱っている。ビリーが立って見下ろしていても力なく俯いたままだし、ずっと両手で腹を抱えていた。

「別にいいけド。それじゃあ、約束は明日？」

怪我には気がつかないふりをして、背を向ける。その背中に、「ごめん」と弱々しい声がかかった。

振り返ると、ミカはやはり両手を腹に当てた姿勢のまま、視線だけ上げる。

「当分、遊べそうにない。ちょっと仕事が忙しくなりそうなんだ」

「……ふぅン。仕事って泥棒？　手伝ってもいいけド」

ビリーがいれば、なんでも好きな物を盗むことができる。早く仕事が終われば、ミカが遊ぶ時間もできると思ったのだが、ミカの唇に浮かんだ力ない笑みでそうではないのだとわかった。

「ありがと。でも、違う仕事だから」

ミカはドアに寄りかかるようにしてよろよろ立ち上がり、にっと唇の端を引き上げる。

「あやとりは、また今度な」

それだけ言うと、ビリーを置いて家の中に入っていってしまった。

——つまらない。

せっかく面白い遊び相手を見つけたと思っていたのに、これでは本当につまらない。一体誰が、その邪魔をしているのだろう。

ミカは仕事が忙しくなるから遊べないと言っていたが、誰がミカに仕事を押しつけているのか。命令できる相手ということは、ミカよりも格上の人間のはずだ。つまりそれは、ミカに暴力を振るった誰かに違いない。

その誰かが、ビリーの楽しみを奪っている。

「そういうの、ムカつくなァ」

つまらないことは嫌い。面白いことを邪魔されるのは、もっと嫌い。

「邪魔な物は、排除しなくっちゃネ♪」

にやりと笑んだビリーの目は、暗闇の中で妖《あや》しく光っていた。

調べるまでもなく、ミカを忙しくしている犯人はすぐにわかった。

ミカと別れたあと、ビリーは帰らずにボロ屋の屋根裏に忍び込んでいた。そこから見えたのは、ミカに手を上げる母親の姿だった。

「あんたはほんとにトロいね！　さっさと片づけな！」

「ご、ごめんなさい……」

自分は酒を飲むだけで、母親はミカに家のことすべてをやらせていた。

掃除に洗濯、皿洗い。それに加えて、ミカは早朝と夕方に新聞配達に出かけ、今までビリーと会っていた時間には街の食堂の厨房《ちゅうぼう》で、芋の皮むきをしているようだった。

そうしてようやく一日を終えるとヘトヘトになりながら家に帰り、その日の稼ぎをすべて母親に奪われる。

「待って、母ちゃん！　それは明日のパンを買う金だから！」

今日もビリーが見下ろす屋根の下では、ミカが母親に足蹴にされていた。その手の中には、必死に稼いだ金を握りしめている。

「どきな！　あんたがもっと稼いでくりゃいいだけの話だよ！」

「痛い！　母ちゃん、やめて！」

「うるさい子だね！　ああ、その目で見るのはやめてくれよ！　まったく、日に日にあの男に似てくるよ、忌々しい……！」

「っ……！」

胸ぐらを掴んで思いきり引っぱたかれ、ミカが床に倒れた。その拍子に手から銅貨《どうか》が転げ落ちる。

「手間かけさせんじゃないよ」

母親は落ちた銅貨を素早く拾うと、家を出て行った。おそらく、その金で酒でも飲むのだろう。

ミカはしばらく床に倒れたままじっとしていたが、のろのろ起き上がると食事の支度を始めた。芽が出ているからと廃棄するところをもらってきたじゃがいもを、母親に食わせるためにスープにしていく。

殴られ、蹴られ、金をむしり取られてなお、母親のために料理をするミカの気持ちが、ビリーにはさっぱりわからなかった。あんな母親、さっさと殺してしまえばいいのに。

でもミカの体格を考えれば、力の差は歴然だ。だから我慢して従っているのだろう。そういうことなら、話は早い。

ビリーが殺してしまえばいい。

あの母親さえいなくなれば、ミカは自由だ。酒代を稼ぐために働く必要も、何もしない母親の代わりに家事をする必要もなくなる。

そして何より、自由な時間ができれば――ビリーと遊べる。

(決ーめタ♪)

ミカの母親を、殺す。

でも、ミカがいる時は駄目だ。

人間は人殺しにうるさいから、下手にミカがいる時に殺してしまうと、ミカが警察に捕まりかねない。

暗闇に乗じて殺してしまうのが一番楽だったが、今回ばかりは昼間に決行しようと決めた。太陽が中天にかかった頃、ミカが食堂の仕事をしている間にやってしまおう。

ここのところ毎日ミカの家を見張っていたビリーは、二日に一度、大家がこの家に家賃を催促しにくることも知っていた。それは決まってミカのいない昼下がりで、ミカの母親はない家賃を誤魔化すのにいつも大家に色仕掛けをする。大家も大家で、それを楽しみに催促をしにきているのはバレバレだった。

ミカが家を出て、大家が家を訪れるまでの間。この時間がいい。この時間ならば、ミカが疑われることもないだろう。

考えれば考えるほど、この作戦はいいものに思えた。

生き物をナイフで切りつけるのも久しぶりのことで、感情が高揚《こうよう》する。

作戦の決行は明日と決め、ビリーは一度ミカの家の屋根裏をあとにした。

せっかくの作戦なのだから、明日は正面から母親の怯える顔が見たい。そのためだけに、出直すことにした。

翌日は生憎の曇り空だったが、雨が降っていないのでまあいいだろう。雨が降ると、何故か身体が重くなっていけない。

ビリーはいつもの木の上で、昼になるまで寝て過ごすと決めていた。

もし起きるまでにミカがここに来たら、ミカの意見も聞くつもりで目を閉じる。

けれど、昼過ぎにビリーが起きた時も、辺りには誰もいなかった。

来なかったのなら、仕方ない。

「お仕事はサッサとやるに限るよネ」

足取りも軽く、ミカの家を目指した。その道の途中で、ミカが働く食堂を覗き込む。ミカは今日もせっせと厨房の裏にある井戸で野菜を洗っていた。その手は冷たい水に長く浸かりすぎたせいか、痛々しく荒れて赤くなっている。

そんなに必死に働くのも、今日が最後だ。

仕事が終わったあとのことを考えると、鼻歌でも歌いたい気分だった。しかしここで浮かれて目立ってしまうと、人間に騒がれてミカにも見つかってしまうかもしれない。

鼻歌は頭の中だけで我慢して、先を急いだ。


ミカの家は相変わらずボロかった。こんな家でも毎月家賃を取られるのだから、人間というのは生きていくだけでも面倒臭い生き物だと思う。

ビリーだって野宿よりも屋根や壁のある家を好んだが、こんなボロい家を狙わなくても金持ちの家を襲えば一発でいい寝床《ねどこ》が手に入った。何を考えてミカたちがここで暮らしているのかはわからないが、今はそんなことどうでもいいかと薄いドアをノックした。

しばらく待ったが、なんの音もしない。けれど、誰もいないはずはない。家の中からは、人間が酒を飲んだ時特有の臭いがしていた。ミカの母親は、必ずいるはずだ。

もう一度ノックをすると、中で物音がした。ごそごそと布が擦れる音から、この時間になってベッドから起き出したのだとわかる。ミカは、早朝から新聞配達をしていたというのに。

(やっぱり、この人間はいらないナ)

生きていても、なんの役にも立たない。それどころか、生きているだけで害悪だ。

「ちょっと、そんなに強く叩かないでちょうだい。ドアが——」

内側からドアが開き、乱れた髪のまま母親が顔を出した。化粧だけは、やけにしっかりと施されている。

ドアを中途半端に開けたところで顔を上げ、笑んで三日月型になったビリーの目を見て凍りついた。

「こんにちハ♪」

「ひ……っ!」

母親は金縛りが解けたように、すぐにドアを閉めようとした。もちろん、ビリーはドアが完全に閉じてしまう前に足を挟み込む。

「ば、化け物! 何っ、なんなのよ!? どっか行ってよ!」

「あんたに用事があるから、それは無理だヨ。とりあえず、上がっていイ?」

「やめて! ダメよ!! 来ないで!!」

ドアを閉じられないとみるると、母親は一目散に部屋の中へと逃げていった。その途中で床に転がっていた酒瓶につまずき、勝手に転ぶ。

「あーあ、ちゃんと片づけておかないかラ」

もう何度となくこの家の中には入っていたが、ドアから入るのはこれが初めてだった。

「お邪魔しまース♪」

きちんとドアを閉めてから、母親へと向き直る。

「なんで入ってくるのよぉお！」

「さっき言ったでショ。あんたに用事があるんだっテ」

母親は顔面蒼白で、四つん這いのまま部屋の隅に逃げていく。せっかく二足歩行ができる生き物だというのに無様なことこの上ない。

逃げるといっても見回すほどの広さもない家なので、ほんの数歩ですぐ追いついた。

「あ、おれはビリー。あんたハ？」

「来ないでよぉ！　化け物ぉお！」

「せっかく名乗ってんだから、ちゃんと答えてヨ」

「いやぁああ！　殺されるぅ!!」

「あーあ、全然聞いてなイ。まぁ、でもそれ正解♪　おれはあんたを殺しにきたんだよネ♪」

部屋の端まで行き着いてしまうと、よせばいいのに母親は命乞《ご》いを始めた。

「ま、待って！　待ってください！　殺さないで!!」

「なんデ？　生きてるだけで邪魔なのに、なんでおれが見逃さないといけないノ？」

「そんな……っ、あたしが何をしたって言うのよ！」

「めんどくさいナー。あんた、ミカのこと殴ったよネ。だから死ぬノ。わかっタ？」

「ど、どういうこと……っ？　あの子はあたしの子なんだから、何をしようとば、化け物に関係ないでしょ!?」

「だーかーらー、それが関係あるからこうして殺しにきたんだってバ」

話すのも面倒臭くなり、サクッと片づけてしまおうとビリーはナイフを構える。それを見て、母親がひと際甲高《かんだか》い悲鳴をあげた。

「ひぃいいい！」

いつもならワクワクするのはずの悲鳴が、何故か今日ばかりは耳障《ざわ》りなだけだ。

「おかしいナー。絶対楽しいと思ったのニ」

「そ、そうだ！　あの子が欲しいならあんたにあげるわ！　だからあたしは助けて!!」

「……ミカがあとで片づけるの大変だろうし、なるべく血が出ないようにしようと思ってたけど気が変わったなァ」

「え……？」

「指の先から一センチずつ、ナイフで刻んでやるヨ。手が水仕事で裂《さ》ける気持ちが、ちょっとくらいならわかるかもヨ？」

「いやぁあああ!!」

奇声を発し、母親がものすごい勢いでビリーの脇をすり抜けて逃げていく。向かった先はベッドの置かれた壁にある腰高窓で、そこから外へ逃げるつもりだろう。当然、逃がしてやる気もなく、窓枠にはりついている母親の髪を乱暴に引っ掴んで、ベッドの上に引き倒した。その時——。

「母ちゃん!?」

背後でドアが勢いよく開く。続いて、ゴトゴトッと何かが落ちる音がした。

「あレ～？」

ゆっくりと振り返ると、そこにはミカが立っている。その足元にはじゃがいもがいくつも転がっていた。さっき落ちた音がしたのは、これだろう。

「どうしてミカがここにいるノ？」

「それはあたしが聞きたいよ……。どうしてビリーがうちにいるの？　母ちゃんに……何してんの!?」

「あーあ、終わってからびっくりさせようと思ってたんだけどナ～。すぐ終わらせちゃうから、ちょっとだけ待っててくれなイ？」

「だから、終わらせるって何する気なんだよ!?」

「何って……この女のみじん切リ」

笑ってくれると思った。

この母親さえいなくなれば、ミカがまた遊んでくれるようになると思っていた。

だから、ビリーはミカに向かって笑いかける。

だけど、ナイフを手に笑顔を浮かべているビリーに、ミカは全力で体当たりをした。

「痛たタ……」

思いもよらない攻撃によろめき、ナイフが手から滑り落ちる。床に金属が落ちる音が響いた一瞬あとには、ミカが必死の形相でそのナイフを拾い上げ胸元に抱いていた。その背には、ゴミ同然の母親を庇っている。

「母ちゃんは殺させない!!」

前髪の隙間から覗くミカの瞳は恐怖と怒りで真っ赤に染まっていた、ビリーが気に入った柔らかな草の色は、どこにもない。

「……なんだよ、そレ。その女さえいなければ、ミカはずっと遊んでられるのニ？　殴られることだってなくなル。それなのになんで、庇ってんノ？」

「母ちゃんは悪くない！　近寄るな！」

少しでも近づこうとすると、ミカはめちゃくちゃにナイフを振り回した。それを無造作に片手で払う。カラン、と音を立てて飛んでいったナイフを、絶望した瞳が追った。

どうしてこんな顔をされるのか、わからない。

思い描いた計画と、全然、違う。

「どう考えてもその女が悪いだロ！　そんな女、生きてるだけで迷惑ダ！」

別のナイフを懐《ふところ》から出したと見るや、ミカは恐怖で動けずにいる母親の身体に覆《おお》い被さった。

「来るな来るなぁ！　悪いのは母ちゃんじゃない！　悪いのは全部、あたしたちを捨てた父ちゃんなんだ！」

「……ミカ、そこどいてヨ。みじん切りが気に入らないなら、一瞬で苦しまないように殺してやるからラ」

「母ちゃんは殺させない！　あたしがあんたから守ってみせる！」

ミカの瞳からは、雨でも降り出したかのように大粒の涙が流れていた。

真っ赤に濁《にご》った憎悪《ぞうお》の視線が、ビリーの足を竦ませる。

ほんの、数週間の付き合いだった。けれどその間、ミカは一度たりともビリーを忌み嫌う目で見なかった。人間なら当たり前に向けてくる恐怖、増悪の感情は、灰がかったグリーンの瞳にはなくて。

ミカの瞳に映った自分は、草むらの中に寝転がっているただの生き物に見えた。それが少しだけ、気に入っていた。

それなのに、今、強い拒絶の浮かんだ瞳の中にいるのは、異形のヒト以外の何者でもない。

「……なんデ？　なんでそんな目でおれのこと見るんだヨ。おれは……！」

――ただミカと、遊びたかっただけなのニ。

「あんたなんか大嫌いだ！　二度と顔も見たくない！　出ていけ!!　出ていけぇええ!!」

「ッ……」

気がついた時には、開いたままのドアから飛び出していた。

——どのくらい走ったかわからない。

ミカの家を飛び出してから、ビリーは走り続けていた。手に握ったままのナイフが、異様に重たくて仕方ない。

そのうちに雨が降り出して、身体までどんどん重くなって足も次第に遅くなっていった。

どうして、逃げ出したのだろう。

ミカがなんと言おうと母親さえ殺してしまえばきっと上手くいったのに。

(上手く、いったはずなのニ……)

そう思い込もうとしたけれど、本当はわかっていた。母親を殺したところで、何も上手くいかなかっただろうことを。

「あーあ……つまんないノ」

胸の奥が、ナイフで滅多刺しにでもされたかのようにズキズキと痛んだ。

本当に怪我をしたんじゃないかと何回か触って確かめたけれど、血も流れていなければ、服に穴が空《あ》いているようなこともない。

それなのに、痛い。

いっそ、痛む心臓をナイフで抉り出してしまおうかと思うほどに。

「……なんか楽しいことないかナ」

ぽつりと呟いた時、ピタリと雨が降り止んだ。けれど雨音だけは大きく聞こえている。どういうことだと顔を上げるとそこには、ビリーに傘を差しかけているオッドマンがいた。

「ここで何してる？」

「あれ……オッドマンじゃャン。まだ生きてたんダ？」

「………」

「ひひヒッ、相変わらず無口な奴。それで、おれになんか用？」

傘に落ちる雨の音がうるさい。でもそのうるささのおかげで、ミカの叫び声を思い出さずに済んでいた。少しだけ、胸の痛みもマシになっている気がする。

雨が上がったら、また思い出してしまうだろうか。

思い出したらまた、痛みに襲われるだろうか。

それは嫌だなと思っていると、オッドマンが静かに口を開いた。

「……以前、またどこかで再会した時には、辛いことを忘れるくらい、一緒に楽しいことをしようと言っていたのを覚えてるか？」

ビリーが裏の街を去る時に、オッドマンに言ったことだ。覚えてはいたが、今はそんなことどうでもよかった。

「さァ、どうだったっケ……。言ったかもしれないけど、おれは毎日楽しいことばっかりだからネ。忘れなきゃいけないような辛いことなんて何もないヨ」

（そうだ、辛いことなんて何もなイ……何モ……）

握ったままのナイフが重くて重くて、早く捨ててしまいたかった。

ミカの母親を、殺せなかったナイフ。

これさえ捨ててしまえば、この胸の痛みも少しはマシになるかもしれない。

ずるり、と手からナイフが滑り落ちた。けれどそれは地面に落ちることなく、オッドマンの手にしっかりと受け止められる。

「……ヒトを傷つけるより、楽しませることに興味はないかい？」

「…………エ？」

丁寧な所作《しょさ》でナイフの柄《え》を差し出され、ビリーは呆然とオッドマンの顔を見上げることしかできなかった。

＊＊＊

「そこで何してる？」

木の下から聞こえてきた声に、はっと目を覚ました。どうやら、いつの間にかうたた寝をしていたらしい。

何か懐かしい夢を見ていたような気もするが、すでになんの夢だったか思い出せない。

ビリーは木の上からオッドマンの前へと降り立った。

「何って、見ての通り昼寝だヨ。せっかくの休みなんだから、好きなことをしないともったいないでショ」

「そのわりに、暇そうに見えたけどね」

「団長こそ、暇なんじゃないノ？　どうしてもって言うんなら、おれが遊んでやってもいいヨ」

「生憎、僕は忙しい。そんなに暇なら、ノアたちに混ぜてもらったらどうだい？」

「え、ノアたちってテ……」

オッドマンの視線の先を追うと、ノアとレベッカはまだ飽きずにあやとりを続けている。

「あれ、まだやってたんダ」

「……教えてもらったらいいよ」

「だから、別に暇じゃないってテ！」

「そうは見えないけどね」

「わッ！」

ふいに強く背中を押され、数歩よろめいた。

「何すんだヨ！」

すぐに振り向いたはずなのに、そこにはすでにオッドマンの姿はない。

「あれェ……？」

しきりに頭を掻いていると、後ろから声をかけられた。

「ちょっと、ビリー。そんなに混ぜてほしいんなら、最初っから素直に言いなさいよ」

「はッ？　おれは別に混ぜてほしくなんカ……」

「あやとり、面白いよ」

「だから――……」

あやとりなんてやりたくない。

そう言いかけた言葉は、ノアの柔らかなアッシュグリーンの瞳を見ると何故か出てこなかった。


『あやとりは、また今度な』


ノアの姿に、痩せっぽちの少女の姿が重なる。

(なんデ……全然、似てないのニ)

ちりりと痛んだ胸に、無意識に手を当てていた。その手に、ふわりと小さな手が重ねられる。

「……来て。あやとり、教えてあげる」

ノアの手は、手袋の上からでもあたたかかった。

「……しょうがないなァ。これで、あの約束はチャラにしてあげるヨ」

呟いたビリーの声に、木の葉がサヤサヤと音を立てる。それはまるで、ミカが近くで笑っているかのようだった。

第四章

獣使いのレベッカ

Lost Heart and Strange Circus

大きな姿見の前で、レベッカは先ほどから服を取っ替え引っ替えしていました。

赤いスカートを履いては「派手かしら？」と首を傾げ、黄色と青のチェックのスカートを履いては「これも派手？」となかなか服が決まりません。

『そろそろ決めてしまわないと、時間に間に合わなくなりますよ』

見かねて声をかけると、レベッカははっとしたように時計を見上げました。

「やだ！　大変！」

約束の時間までは、あと十五分くらいでしょうか。普通の人……ここでは異形のヒトと言いましょう。普通の異形のヒトならば、十五分もあれば身支度をするのに十分ですが、レベッカの場合は違います。

服を決めたあとには念入りに鏡を覗き込んで、頭の飾りの位置が一番愛らしい場所に収まっているかのチェック、女性らしい仕草の練習もしないといけません。とにかく、支度に時間がかかるのです。

だからいつも夜のうちに明日の服を決めておきなさいと言っているのに、昨日は夜遅くまでジャスミンやノアとおしゃべりをしていたようで、朝寝坊までしてしまったから支度がちっとも終わりません。

「やっぱり、黒いスカートにするわ！　女はシックな黒で勝負よね！」

同意を求めるように鏡越しに私を見るので、大きく頷いてあげました。それを確認すると、レベッカはうれしそうに鏡の中の虎《とら》——私にVサインを送ります。

「それじゃあ、そろそろ行ってくるわ。留守番、よろしくね」

『ええ、ここのことは心配しないで。楽しんできてください』

「もちろん、思いっきり楽しんでくるわ！」

強気な言葉とは裏腹に、足の横で握られた拳は少しだけ震えていました。いつも前向きで明るいレベッカですが、本当は少し心配性なところがあるのです。

でも大丈夫。私のレベッカなら、誰と出かけてもきっと楽しい時間を相手にも提供できることでしょう。

「いってきます！」

『いってらっしゃい』

指先を軽く揺らして手を振る彼女に、私は尻尾《しっぽ》を大きく揺らして応えます。手を振るのは、少し難しいですからね。

さて、無事にあの子を見送ったあとはお留守番の時間です。といっても、私はただこのレベッカの部屋でお昼寝をするだけですけれど。

今日はソファで寝ることにしましょうか。……と思いましたが、レベッカの服が散らかったままでしたね。畳んであげたい気持ちはありますが、レベッカの服は絹《きぬ》やレースといった繊細《せんさい》な素材がふんだんに使われているので、私の爪が引っかかると大変です。

仕方がないのでソファは諦め、床で寝ることにしましょう。団長とは食料の買い出しにいくと言っていましたから、帰りは夕方頃でしょうか。寝過ぎてしまわないようにしないといけません。そんなことを考えていると、ノックの音が聞こえました。

開いていますよ、どうぞ。

もう一度、ノック。

そうでした。私の言葉はレベッカにしか通じないのでしたね。

ドアに近寄り前足でドアノブを下げると、そこには小さな女の子が立っていました。

こんにちは、ノア。何かご用ですか？

「こんにちは、シュガー。あの……レベッカは……」

ノアは部屋の中を見回してから、がっかりしたように肩を落としました。

ごめんなさい。レベッカはちょうど出てしまったところで、戻るのは夕方になってしまうと思います。

通じないとわかっていても、つい話しかけてしまいます。けれど不思議なことに、ノアは私の言葉を理解したように小さく頷きました。

「そう、留守なの。相談したいことがあったんだけど……」

私で良ければ話を聞きますよ。

尻尾の先でノアの頬を撫でると、ノアはほんの少しだけ笑顔を見せてくれました。こんな風に柔らかい表情を見せてくれるようになったのは最近のことで、その変化が私にはうれしくて仕方ありません。まるで、昔の誰かを見ているかのような気分です。

「……少しだけ、シュガーと一緒にいてもいい？」

ええ、もちろんです。どうぞソファに……と言いたいところなんですが、散らかっているので私に寄りかかって座ってください。

先に絨毯《じゅうたん》の上に寝そべってから尻尾を振ると、やはりノアは私の言っていることがわかっているかのようについてきて、私のお腹にぴたりとくっついて座りました。異形のヒトならばまだしも、人間の子供なのに不思議な子です。

ノアはそうしてしばらく私の背中を撫でていましたが、おしゃべりをしたい気分だったらしく私に話しかけてきました。

「……シュガーは、いつからレベッカと一緒にいるの？」

いつから、とはっきりと言うのは難しいのですが、とても小さな頃からですね。

元々、私は人間たちのサーカスで生まれた虎でしたが、生まれつき左目の視力が失われていたせいで、子供の頃に山に捨てられてしまったのです。野生でもなく、片目もつかえない子供の虎がひとりで生きていけと言われても、生き残れるはずがありません。

私は食料を手に入れることができず、日に日に衰弱《すいじゃく》していきました。もうこのままお腹を空《す》かせて死んでしまうのだろうなと思った時、レベッカに助けられたのです。言うなれば、彼女は私の命の恩人ですね。

その時から今日まで、私たちはずっと一緒にいます。

ふふ、思い出すと懐かしいですね。あの頃のレベッカは、今の彼女からは想像もつかないほど引っ込み思案な男の子だったんですよ。そうですね……あなたと少しだけ似ていたかもしれません。

当時から女の子らしい遊びや、かわいらしい物が好きな子でした。でもあの頃はまだきれいな服を着る勇気も出せなくて、黒や灰色といった暗い色の服ばかりを着ていましたね。それはそれで似合っていましたけど、やはり……。

おや……？

「……、………」

どうやら、ノアは眠ってしまったようです。起こすのも可哀想なので、このまま少し眠らせてあげましょうか。

そうそう、レベッカが子供の頃もよく、今のようにくっついてふたりで眠りました。私たちは人間から逃れて山の中で暮らしていたので、冬はくっついていないととても寒くて……。

あの頃に比べると、ここはなんてあたたかい場所なのでしょう。

……私も少し、眠くなってきてしまいました。レベッカが戻ってくるまで、眠って待つことにしましょう。

＊＊＊

人間の街には、虎も異形のヒトも居場所がなかった。

山の中での暮らしは決して楽ではなかったけれど、ふたり一緒ならばどうにかなった。

このままずっと、ふたりきりで生きていくのも悪くない。半ば本気で、シュガーが山で一生暮らしていく覚悟をし始めた頃のことだった。

裏の街が騒がしいから様子を見てくると山を下りていたルイスが、顔を酷く火照らせて帰ってきたのだ。

『ルイス！　顔が溶けかけてますよ！　まさか、流行病でももらってきたんじゃ……っ』

「こ、これはそういうんじゃなくて！　あ、でも一種の病気、なのかも……」

必死に取り繕おうとしていたけれど、頭のアイスは溶けていく一方で、まったく誤魔化せていなかった。

『ルイス……原因がわかっているなら、教えてください。このままでは、頭がなくなってしまいます』

シュガーとルイスの間に隠し事はできない。言葉が通じる以上に、ふたりの心は通じ合っていたからだ。

「原因がわかってるというか……たぶん、だけど……その……」

ルイスは指先でシュガーの毛をぐりぐりと渦巻きのような模様にいじっては、照れて言葉を呑み込む。その様子を見て、シュガーはピンときた。

これは病は病でも、薬では治らないアレかもしれないと。

まだまだ子供だと思っていたけれど、ルイスも年頃の男の子だ。不思議はなかった。問題は、この消極的なルイスにどう、恋愛という荒波を乗り切らせるかにある。

『……ルイス、明日また、裏の街にいってみましょう。その時は、私も一緒にいきますから、紹介してください』

「しょ、紹介って！　知り合ってすらいないのに！」

『それなら、遠目から見るだけでもかまいません。その方がルイスに相応しいかどうか、知っておきたいのです』

「相応しいも何も、ぼくなんか相手にしてもらえないよ……」

急に元気をなくしてしまったルイスを励ますように、ガラスの器を舐め上げる。

『ぼくなんか、なんて言わないでください。ルイス、あなたはとても素敵ですよ』

「……うん」

ルイスが日頃から女の子に憧れていることには、気づいていた。それを応援したいとも思っていた。なりたい自分になるのが、一番いい。

それでも恋の相手として思い浮かべたのは女の子の姿で、シュガーは自分の頭の硬さにルイスの想い人を見てから激しく反省することになる。

翌日、シュガーはルイスに連れられて、裏の街へと続く道を慎重に下りていった。

裏の街は、人間が住む街の中でも特に治安が悪いという。そんなところに、果たしてルイスに相応しい娘がいるのだろうかと、山を下りるまで半信半疑《はんしんはんぎ》だった。

『それで、問題のその子はどこにいるのですか？』

人間に見つからないように物陰に隠れながら、裏の街の奥へ奥へと進んでいく。この先はもう街はずれというところで、ルイスが「隠れて！」とシュガーを近くの茂みへと押し込んだ。

『っ！　急に押さないでください！』

「し！　静かに！　見つかっちゃう……っ」

ルイスはルイスで、茂みに隠れたシュガーの腹の下に潜る勢いで身体を隠す。まだまだ子供っぽさの抜けない様子に内心でほっとしながら、その身体を尻尾でくるんでやった。

『それで、問題の子はどこです？』

自分の声はルイス以外には聞こえないとわかっているけれど、ルイスが気にするだろうからなるべく小声で聞く。ルイスは気づくとまた頭のアイスを溶かしながら、指先だけを茂みの向こうに向けた。

『……それらしい娘はいませんよ？』

「………女の子じゃなくて、花を見つめてる……ヒト」

女の子じゃなくて？

どういう意味だと首を傾げながら目を凝らした先に、その異形のヒトは佇んでいた。

人間ではなく、異形のヒトだったことにまず驚き、女性ではなく、男性だったことに二度驚く。どうりでいくら容姿について聞いても、ルイスが答えなかったはずだとようやく理解した。

理解して、胸が痛んだ。シュガーがもっと柔軟な頭を持っていれば、ルイスは言い淀むことなく相談してくれたはずだからだ。

一番の理解者であるという自負が、恥ずかしい。

その異形のヒトは、誰も見向きもしないような道端に咲いている花の前に立っていた。けれどその様子はルイスが言うような『花を見つめている』というロマンチックなものではなく、言ってしまえば禍々しくすら見える。

鴉《からす》のように尖った嘴《くちばし》のついた仮面に、黒いシルクハット、同じく黒いロングローブ姿が不気味なせいもあっただろう。見た目と仕草からだけでは、どうしてルイスが惚れたのかシュガーには理解できなかった。

『……本当にあの異形のヒトですか？』

念を押すように聞くと、ルイスはうんうんと大きく頷く。その顔は恋する者特有の輝きを発していた。けれどすぐに、しゅんと落ち込んで視線を地面へと落とす。

「その、シュガー……？」

『なんですか？』

「がっかり、した……？」

意味がわからず首を傾げると、さらに小さな声で言う。

「ぼくが……女の子のことを好きにならなくて」

言わせてしまってから、激しく後悔した。相手の品定めより何より、先にルイスを抱きしめてやらなかったことを。

『何を言っているのですか、ルイス』

「だって……」

『ルイスがどんな相手を好きになろうと、ルイスはルイスです。私の大切な家族に変わりありませんよ』

「シュガー……！」

『あなたが好きになるくらいです。きっと、素敵な方なんでしょう』

見た目は少々、怖いようですが。とは言わないでおいた。

「ありがとう、シュガー」

ぎゅっと抱きついてくる細い身体を、尻尾で抱き返す。

何があっても、自分だけはこの子の味方でいよう。命を助けてもらったあの時に心に誓った想いは、今も変わらない。

できれば、この恋も実らせてやりたいものだが……色々と障害は多そうだった。

異形のヒトに恋をしてから、ルイスの毎日は慌ただしいものとなった。

裏の街に降りていっては、今日はいた、いなかったと一喜一憂し、名前がオッドマンだとわかった日など、浮かれて半分も頭のアイスを溶かしてしまった。

けれど一向に話しかけようとしないので、シュガーのほうが先に痺れを切らしてしまった。

『ルイス、そろそろ話しかけてみてはどうですか？』

「えっ！　は、話しかけるって、あのヒトに!?　そんなの無理だよ！」

『どうしてです？　あなたも花が好きなのですから、きれいな花ですね、とでも言えば顔見知りにはなれるでしょう』

「……簡単に言わないでよ。あのヒトは、あのきれいな花が好きな人なんだよ？　ぼくみたいなのに声をかけられても、迷惑なだけだよ。それにぼく……男だし」

シュガーから見れば、ルイスはとても愛らしく魅力的な存在だった。それに性別の壁なんて、想いひとつで乗り越えられるもののはずだ。けれどそれをいくら言葉で説明しても、本人に自信がなければどうしようもない。

ルイスは本当は明るい色の服を着たいはずなのに、自分には似合わないと暗い色の服ばかりを着ていた。好みではない服を着ているせいかルイスの頭は俯きがちで、そのことがまた余計にルイスの自信を失わせていたように思う。

『ルイス、あなたはとてもかわいいヒトですよ。自信を持ってください』

「そんなこと言ってくれるのは、シュガーだけだよ。でも、ありがとう」

『……そうだ。あのオッドマンという異形のヒトがよく見ている花と同じ色の服を着てみるというのはどうですか？』

「えっ！　あんな明るい色を!?　無理だよ、似合わないし……」

『似合うかどうかは、身につけてみなければわかりませんよ』

「わかるよ！　だってぼく……かわいくないもん！」

『ルイス！』

逃げるように山の奥に走っていってしまった背中に、大きくため息をついた。

どうしたら、自信を持たせてあげられるだろう。

容姿の良し悪しよりも、心の美しさのほうが大切だと思いはするものの、あの子の場合はまず見た目に自信を持てなければ、積極的にもなれないのだ。

夜になってもルイスは寝床に戻らず、シュガーは浅い眠りの中でルイスが自信を持てるようになる方法について一晩中考えを巡らせていた。


朝になってようやく寝床に戻ったルイスは、シュガーの姿がどこにもないことに焦った。

ひとりで山を下りることはないはずだが、寝床はすでに冷たい。

昨日、寝床に戻らなかったことを怒ってどこかに行ってしまったのだろうか。

それとも、異形のヒトである自分が山にいることが人間にバレて、襲われた……？

「そんな……シュガー……っ！」

良くない想像ばかりが浮かんでしまい、ルイスは大慌てで走り出した。山の中にいてくれさえすれば、見つけられる。でももし、人間の街に出てしまっていたら……ましてや、人間に捕らえられでもしていたら、近づくことも難しいだろう。

ドキドキとうるさい心臓の音を抱えながら、ふたりでいつもいく場所を中心にあちこち探した。

水飲み場、山菜のよく取れる茂み、キノコの多い木の下、眺めのいい丘。

そのどこにも、シュガーの金色の毛並みを見つけることはできなかった。

やはり人間の街に下りたとしか思えず、思い切って山を下りる覚悟をした時――。

『ルイス』

山の麓からゆっくりと上がってくるシュガーの姿が見えた。

安堵で泣き出しそうになりながら駆け寄って、その姿に身体が震えた。

シュガーの金色の毛並みは、ところどころ血で赤く染まっている。

「シュガー！　どうしたの、その怪我!?」

『心配しないでください。見た目ほど派手な怪我ではありませんから』

大丈夫だと言うけれど、とてもそうは見えなかった。まるで、鋭い刃か何かを突き立てられたかのような傷が痛々しい。

やはり、シュガーは人間の街に下りていたのだろう。そうでなければ、こんな酷い怪我を負うはずがない。この山には、シュガーに傷を負わせるような大型の獣はいないのだから。

「すぐに手当てするから」

怯えて縮こまりそうになる身体を叱咤し、すぐに薬草を探しにいこうとした。それを、シュガーが止める。

『待ってください。手当てよりも先にこれを……』

シュガーがくわえて差し出したのは、きれいなリボンだった。あの異形のヒトが好きな花と同じ、赤みがかった明るいピンク色。

『あなたによく似合うと思いますよ。つけてみてください』

どうして、危険を冒してまで人間の街にシュガーが下りたのか。

それはすべて、このリボンが物語っていた。

自分に自信が持てず、俯いてばかりいるルイスの顔を上げさせるために、シュガーは人間の街にいったのだろう。そしてこのリボンを盗み、人間に追いかけられて怪我を負った。

物を盗むことが悪いことだということは、ルイスにもわかっている。けれど、落ち込んでいる自分のために身を挺してまでシュガーはこのリボンを届けてくれた。その気持ちが、何よりもうれしい。

「……ありがとう、シュガー」

ルイスは受け取ったリボンを自分の首元にきゅっと結んだ。黒いシャツに、鮮やかなピンク色はよく映える。不思議と、俯きがちな顔が少しだけ上を向く。

「どう？　似合ってる？」

『……ええ、思った通り、とてもよく似合っていますよ』

やさしいシュガー。大好きな家族。

その存在に、言葉に、今までもどれだけ励まされてきたかわからない。それに自分は今まできちんと応えられてきただろうか。

「シュガー、ぼく……ううん。あたし、変わる。このリボンがもっと似合うような、素敵な女性になる。そうしたら……あのヒトにもきっと話しかけられるようになると思う」

凛と背筋を伸ばしたルイスに、シュガーは眩しいものでも見るように目を細める。

『……女性として歩き始めるあなたに、もうひとつ贈りたいものがあります。受け取ってもらえますか？』

「う、うん……」

改まったシュガーの口調につられたのか、胸が高鳴っていた。

『レベッカ』

「え……？」

『私の、愛しいレベッカ。あなたの、新しい名前です』

「レベッカ……？　あたしが……？」

『あなたの心根の美しさは、誰をも魅了せずにはいられません。ぴったりの名前でしょう？』

レベッカ――。

なんて、素敵な名前だろう。

「いいの？　あたしなんかが……あ」

こら、とシュガーの目が幼い子供を叱るように見つめていた。

「……ありがとう、シュガー。あたし、この名前に恥じない、立派な女性になるわ」

『ええ。レベッカ……あなたはきっと、世界中の誰よりも美しい女性になりますよ』

＊＊＊

やさしく、あたたかい手に頭を撫でられている感触で、私は微睡みから少しずつ目を覚ました。

うっすらと開いた視界に、大好きな異形のヒトが見えます。

「あら、起こしちゃった？」

『おかえりなさい、レベッカ』

部屋の中は大分暗くなっていました。少し、寝過ぎてしまったようです。

「ただいま、シュガー。あ、ノアはまだ寝てるみたいだから、気をつけて」

『わかりました』

ノアはまだ私の身体を枕に、心地よさげな寝息を立てています。起こさないように気をつけながら、少しだけ身体を伸ばしました。

『デートは楽しかったですか？』

「ええ、とっても」

弾んだ口調で言ってから、レベッカは音を立てないようにそろそろと、私の前に腰を下ろしました。

「シュガーにぴったりのお土産を見つけたのよ。受け取ってくれる？」

レベッカは背中に隠していた手を、「じゃーん！」と言いながら私の前へと出しました。その手に握られていたのは、鮮やかなピンク色をしたリボンでした。

懐かしい夢を見たばかりだったので、思わず笑みが零れてしまいます。

「ふふ、見た瞬間、シュガーに似合うだろうなってビビッときたの！」

『つけてもらえますか？』

「もちろん！」

レベッカは私の首に抱きつくようにしてリボンを巻き、首の後ろでリボン結びにしてくれているようでした。あとで、鏡で見ることにしましょう。

「うん、やっぱりよく似合ってる。かわいいわよ、シュガー」

『ありがとうございます』

でもこの色は、やっぱりあなたのほうが似合いますよ。いつだって恋をしているあなたのために、あるような色ですから。……というのは、また今度伝えることにしましょうか。

きっと、団長と過ごすことにとても緊張していたのでしょうね。レベッカは、私に抱きついた姿勢のまま、すでに寝息をたて始めていました。

『……おやすみなさい、レベッカ』

いつの日か、レベッカは大好きなヒトと一緒になって、私の元を離れていくのだと覚悟はしています。

でも……どうやらその日は、まだ少し先になりそうです。

その日がくるまで、私はあなたを見守っていたいと思います。

第五章

玉乗りのアルフォンス

Lost Heart and Strange Circus

まずい。非常に、まずい。

アルフォンスは肌寒いくらいの部屋の中で、じっとりと嫌な汗が背中を流れていくのを感じていた。その手には、一冊の本。

開いたままのページは、綴《と》じ代《しろ》の下のほうが一センチほど破けている。気持ち、そのページはくしゃりとしわも寄っていた。

「な、なんて脆《もろ》い本なんだ……！」

ほんの少し、いやもうちょっと、いやもしかすると本の重さ分くらいは、引っ張ったかもしれないが、それくらいで破れてしまうなんて、脆すぎる。

そもそも、本を読んでいる途中で落としそうになることなんて、よくあることだ。そして落としそうになったその本を、反射的に一ページだけ掴んでしまうなんてことも。

それなのに、そのための対処をしておかないこの本が悪い。

「……うん、そうだ。だから、断じて僕は悪くない！」

自分に言い聞かせるように力強く頷いてみたものの、アルフォンスの胸は罪悪感でどっしりと重かった。

自分の本ならよかった。けれどこの本はジャックから借りたもので、しかも、ジャックはこの『段ボール朋友《ほうゆう》戦記』シリーズの大ファンだ。それを、破ってしまうなんて。

なんて言って、謝ろう。

なんて言えば、許してもらえるだろう。

いや待てよ。もし自分が大切にしている本をこんな風に破かれたら、謝られたところで許せるだろうか。

たっぷり三分考えて、その時の機嫌によるという結論しか出なかった。

それなら、ジャックの機嫌を見て謝ったらどうだろう。

でも、ジャックはアルフォンスよりもずっとこの本に思い入れがある。言わば宝物のような本を破かれて、機嫌がよかったら許すなんてことがあるとも思えなかった。

どっちにしろ許してもらえないなら、謝るだけ損じゃないか？

「はっ！　そもそも、気づくかな？」

破れてしまったのはたった一ページ。それも、下のほうの一センチだけだ。ページも後半部分で、捲ってすぐに気づくような場所じゃない。

出たばかりの本ならすぐに読み返す可能性もあるが、この本は『段ボール朋友戦記』シリーズ第二部の第三巻。最新刊は第二部の十二巻だから、かなり中途半端な巻だ。

直接ジャックに渡すんじゃなくて、ジャックの本棚にそっと戻しておいたら、しばらくは読み返すこともないんじゃないか。

借りたのは一週間前だから、あと一週間くらいは「どうだった？」と聞かれることもないだろう。ジャックはこの本の大ファンだから、面白くなかったと言われるのを怖がって、なかなか自分からは感想を求めてこない。

だからアルフォンスのほうからこの本の話題を出さなければ、一週間は時間を稼げる計算になる。

借りた時から合わせて二週間。それだけ時間を空けてからなら、「あの本、お前の本棚に返しておいたぞ」と言うだけで、わざわざ確認もしない。……かもしれない。

確認するかどうかは運まかせともいえるので、この案はひとまず却下した。

それならMr.マッシュ辺りに頼んで、人間たちの街で同じ本を購入してもらい、こっそりすり替えるというのはどうだろう。

頭の中でその様子を想像してみる。

「いける……！」

ような気がする。

それにこっちの作戦のほうが、破ってしまった本をそのまま返すよりもずっといい。これなら、本を返す時に感想もちゃんと言えるし……と何気なく開いた本の扉絵部分を見て、ピシリと固まった。

そこには、作者のものと思われるサインが書き込まれている。

「くっ……どれだけこの本が好きなんだ！」

思わず唸ってしまったが、すぐに脱力して近くにあった椅子にドカリと座った。

これでは新しい本との交換はできない。すり替えたって、バレてしまう。

でもこんなに大切にしている本を破ったなんて言ったら、きっと――。

「……なんで、破けちゃったんだよ」

吐き出したため息は重く、足元に落ちていく。

せっかく、明日は読み終わったこの本の感想で、盛り上がれると思ったのに。

翌日、アルフォンスは問題の本を手に、こそこそと廊下《ろうか》を歩いていた。右を見て、左を見て、ジャックがいないのを確認してから、素早く移動する。

結局、夜通し考えてもいい案はちっとも浮かばず、こっそり本棚に戻しておこう作戦を決行することにしたのだ。黙っているのはズルい気がしたが、他に方法が思いつかないのだから仕方ない。

どうにか誰にも会わずにジャックの部屋の前までやってきて、ドアノブに手をかけようとした時だった。

ガチャ、とドアが中から開き、当のジャックが顔を出す。

「!!」

あまりに驚いて、アルフォンスの柔らかい毛並みが、まるでハリネズミのようにピンと尖った。

「あれ、ア――ええっ？　ど、どうしたのその頭」

イメチェンにしては突き抜けているそのヘアスタイルに、ジャックが困惑した顔をする。

「な、何がだ？　僕はべべべ別にいつもと何も変わらないぞ！」

「……そうかなあ。そうは見えないけど……アルがそう言うんならいっか」

「そんなことより、出かけるところじゃないのかっ？」

早くこの場からジャックを遠ざけたくて、そわそわした。いつ、後ろを誰かが通りがかり、背中に隠した本に気づかれるかと思うと冷や汗が流れる。

「うん。ちょっと団長に用があって。でも、急ぎじゃないからいいよ」

「そうか、だったら早く……ん？」

用事があると言われてほっとする間もなかった。

「アル、おいらに用事があるんだろう？」

「!?」

驚いた拍子にずるりと手の中の本が滑る。いけない、と思った時には、ドサッと床に本が落ちたあとだった。

「何か落ちたよ？　あ！　それ、おいらの本！」

ジャックが、落ちた本に飛びつくようにして拾い上げる。表、裏と急いでホコリを手で叩き、本の無事を確かめているようだった。

「落とすなんてひどいよ！　おいらがこの本を大事にしてるの、アルだって知ってるだろ!?」

「っ……ジャ、ジャックが驚かすのが悪いんだ！」

「ええっ？　驚かしてなんていないよ。そもそも、なんで背中になんて隠してたのさ」

「別に隠してたわけじゃない！　た、たまたま背中で持ってただけで……っ」

「背中で持つってなんだよ！　君、そんな持ち方いつもしないだろ!?」

「どう荷物を運ぼうと僕の勝手だ！」

「そりゃそうだけど、いつからラクダになったのさ！」

「ラ、ラクダだと!?　もう一遍言ってみろ！」

売り言葉に買い言葉。興奮していたとはいえ、言っていいことと悪いことがある。

完全に頭に血が昇り、アルフォンスの耳は怒りで頭の後ろへと倒れていた。

「な、なんだよ！　アルが変なことしてるからだろ！　本を返しにきたなら普通に渡せばいいのに！」

ジャックがちょっと怯んだように、アルフォンスから目を逸らして手の中の本を見下ろす。

マズいと思った時には遅かった。

「ん……？」

わずかにしわの寄っていたページに気づいたらしく、ジャックが問題のページを捲った。

「あー!!」

「っ！」

「や、破れてる！」

悲痛な叫び声を上げたジャックの顔は、今にも泣き出しそうだ。怒られることは想像していても、泣かれることは想像していなかった。アルフォンスは激しく動揺してしまって、自分まで泣いてしまいそうになる。すぐに謝らなきゃと思うのに、上手く言葉が出てこない。

「ご、ごめ――」

「どうしてこんなことするんだよ！」

「え……っ」

ごめん、という言葉は、ジャックのきつい口調に掻き消された。

「いくら面白くなかったからって、破くなんてひどすぎるよ！」

頭ごなしに責められ、アルフォンスはぐっと唇を引き結ぶ。

わざと、破いたわけじゃない。

「この本、作者のサイン本なんだよ!?　もう手に入らないからすごく大事にしてたけど、アルだから貸したのに！」

大切にしていたことも知っている。

「アルのバカ！　カバ！　ラクダ！」

「……ない」

「え？」

「僕……ない」

「なんだよ、言いたいことがあるならはっきり言いなよ！」

「僕は…………ラクダ科に違いはないけど一般的にラクダと言われるラクダ属じゃないし系統的にはビクーニャ属に分類されると思うけどビクーニャでもない！」

「っ……そ、それがなんだよ！」

一気にまくし立てたアルフォンスの勢いに、ジャックが一歩後退った。

「だから……その本を破いたのも僕じゃない!!」

「えええっ!?　どこをどうしたら今の話と繋がるの!?　全然関係ないじゃない！」

「うるさいぞ！　違うと言ったら、違うんだ！」

「でもアルに貸す前は破れてなかったのに、今は破れてるんだから、アル以外が破いたなんて考えられないよ！」

「そんなの僕の知ったことか！　僕じゃないったら、僕じゃない！」

「いーや！　アルが破いた！」

「僕じゃない！」

「アルだ！」

「僕じゃない！」

「アールーだー！」

「…………」

「…………」

両者一歩も譲らない睨み合いのあと、ジャックの顔に怒りのマークがくっきりと浮かんだ。

「アルなんかもう、絶交だよ！」

「！」

腕を組んでぷいっとそっぽを向かれ、アルフォンスの身体が震える。

「どうしよう」と「どうとでもなれ」が頭の中でせめぎ合い、相討《あいう》ちした結果出てきたのは

「もう知らない」という現実逃避。

「……望むところだ。ジャックなんか……こっちから絶交してやる！」

耳をピタリと伏せたまま、アルフォンスは逃げ出した。

「ちょっと、アルー!?」

突然の全力逃走に、ジャックがぎょっとする。けれどその時にはもう、アルフォンスは廊下の彼方遠くまで走り去ったあとだった。


ぽちゃん、と小石が湖に落ちる音がした。

続いてまたぽちゃん。ぽちゃん。どぼん。

「ぐぬぬ……！」

湖の畔で抱えるほども大きな石を持ち上げようとして、アルフォンスは顔を真っ赤にしていた。けれど、いくらがんばっても石は持ち上がらず、諦めてその石の上に腰を下ろす。

「……はあ」

ついたため息は、今湖に向かって投げたどの石よりも深く、重く、沈んでいく。

ジャックと絶交してから三日。

アルフォンスは完全に暇を持て余していた。大好きな漫画を読んでも、これ面白いぞと話す相手がいなければ盛り上がりに欠けたし、ご飯もひとりで食べると味気ない。

あんなに夢中になって競い合った水切りも、ひとりだと三回もやれば飽きてしまった。

「ジャックの奴……」

今までだって、ジャックとケンカをしたことはたくさんある。でも、絶交までしたのは初めてだった。

初めてのことだから、『絶交』がどのくらい続くのかわからない。当然、仲直りの仕方もわからない。

「別に……僕が仲直りしたいわけじゃないけど」

ジャックがどうしてもと言うなら、仲直りしてやらないこともない。

多少は……自分も悪かったと思わないこともなかった。本を破いてないと嘘をついてしまったことは反省もしている。本を破いてしまったことについては、謝ってもいいとさえ思っていた。

ラクダと言われたことに腹も立てたけど、それだって時間が経った今は許さないというほどのことじゃない。……まだ、ちょっとムカムカするけれど。

それなのに、ジャックはアルフォンスに話しかけてこない。こっちはいつでも仲直りの準備ができているのに、ちっとも、話しかけてこなかった。

意地になっているのだとわかってはいたが、かといってアルフォンスから声をかけるには、プライドが邪魔をする。

はあ、とまたため息が漏れた時、サーカスのテントがあるほうから足音が聞こえてきた。隠れる必要なんて何もないのに、思わず木の陰に身を潜める。

しばらくそのままでいると、歩いてきたのはジャックだった。

なんだ、やっぱりジャックも僕に声をかけるタイミングを計ってたんだな、と踏み出そうとした足が止まる。

「オスカー、ここならどう？」

「ああ、ここの土ならちょうど良いだろう」

ジャックはひとりではなく、オスカーと一緒に湖に来ていた。その手にはスコップとビニール袋が握られている。

「うん。ふかふかしたいい黒土だな」

「ほんと？　ちゃんと芽が出るかな？」

どうやら、ジャックはオスカーに花の育て方を教わっているようだった。スコップで湖の周りの苔が生えた辺りをほじくり、ビニール袋に土を詰めている。

「そうそう。それくらいあれば十分じゃないかな」

「小石も少しいるんだよね？」

「鉢植えの底に敷くのに使うからね。お、そのくらいの大きさがちょうどいいぞ」

ジャックたちは仲良くふたりで小石を拾ったあと、またサーカスのテントのほうへと戻っていった。

完全にふたりの姿が見えなくなってから木の陰から出たアルフォンスは、衝動的に足元の小石を拾って思いきり投げつける。

「なんだよ……っ」

投げた小石は湖には入らず、遠くの木の幹に当たった。ちょうど水を飲みに森から出てきた鹿が、びくりと身体を強ばらせる。

「あ……」

鹿は耳をピンと立てて忙しなく動かしてから、森へと逃げていってしまった。

驚かせるつもりじゃなかったのに、と呼び止めようとしていた手をきつく握りしめる。

ため息をついて大きな石に腰をかけた途端、そのお尻がじわりと冷たくなった。

「わ！」

驚いて腰を浮かせると、石は微妙に湿っており、縞模様《しまもよう》のかぼちゃパンツが濡れてしまっている。情けないのと惨めなのとで、その場にしゃがみ込んだ。

上手くいかない時は、何をやっても上手くいかないのかもしれない。

抱えた膝に頭を埋めようとしていたアルフォンスの顔を、誰かがそっと覗き込んだ。

「!?」

「……お腹、痛いの？」

目線を合わせるようにしゃがんでいたのは、ノアだった。

ついさっきまで誰もいなかったはずだし、なんの気配もしなかった。いつの間にこんな近くにいたのかと、心臓がバクバク言っている。

「い、いつからそこにいたんだ？」

ジャックからこそこそと隠れた上に、まるで鹿を追い払うために石を投げたような行動を見られていたらと思うと、ひやりとした。

「今、きたところ」

「ふん……ならいい」

秘かに胸を撫で下ろしてから、スクッと立ち上がる。やや胸を張り、両手は腰に。なんでもないことをアピールするそのポーズはしかし、ノアには通用しなかった。

「アル、ジャックとケンカしてるの……？」

「な、何故それを……っ」

いきなり核心を突かれ、たじろぐ。

「……ジャックが、何か言ったのか？」

「ううん。ふたりとも、最近一緒にいないから、そうかなって思ったの」

「なんだ……そうか……」

肩を落としたアルフォンスに、ノアがわずかに眉尻を下げた。

「……ごめんなさい」

「どうしてお前が謝る」

「アルを……がっかりさせちゃったから」

「別にがっかりなんてしてない！　僕ががっかりするようなことなんて何もないからな！　何

も……ないんだ」

　尻すぼみに小さくなっていく語尾に、ノアがそっとアルフォンスの頭に手を伸ばす。よしよし、とやさしく撫でられて、唇を尖らせた。

「……なんのつもりだ」

「慰めてるの」

「……ふん。慰められる覚えなんて僕にはないぞ」

「うん。でも……元気がないみたいだから」

「元気がないわけでもないからな！　でも……お前が撫でたいって言うなら、今は撫でさせてやってもいい」

「……ありがとう」

　ノアの手はアルフォンスと同じくらいの大きさしかないはずなのに、そうして撫でられていると母親にでも撫でられているような気がしてくるから不思議だった。母親の記憶なんて、ありもしないのに。

　ノアに撫でられて心まで柔らかくなったのか、気がつけばジャックとケンカをしたことをすっかり話していた。

「大体、ほんのちょっと破れてたくらいで、ジャックは大げさなんだ。それをあんなに怒るなんて……」

「……ジャックは、本が破れてたことを怒ってるんじゃないと思う」

「え……？」

「最初は、それで怒ってたかもしれないけど、今はたぶん……」

「たぶん、なんだ？」

「……うん。どうして話しかけてこないのかは、ジャックに直接聞いたほうがいいと思う」

なんでと聞いたけれど、ノアは「なんとなく」としか教えてくれなくて、結局仲直りの方法までは見つからなかった。


次の日も、またその次の日も、アルフォンスはひとりで湖を眺めていた。

サーカスにいると、ジャックが他の団員たちと仲良くしている姿が目に入ってしまうからだ。

別にジャックが誰と仲良くしようと勝手だし、アルフォンスだってジャック以外の誰かと遊べばいい。それはわかっているのに、その気になれなかった。

ぼーっと湖を眺めているのも退屈で、足元の小石を手に取る。それを湖に投げ込もうとして、少し離れた場所に鹿がいるのを見つけてやめた。コン、と手から落ちた小石が足元で鳴る。

鹿は一頭ではなく、数頭の群れのようだった。

アルフォンスのほうに顔を向け、耳をピンと立てて警戒しながら、水を飲んでいる。一歩でも近づけば、逃げ出すに違いない。

「……なんだよ。別に仲間に入れてほしいなんて……言ってないだろ」

小さな呟きは、拗ねているというより寂しさの色が濃かった。

それに気づかなかったふりをして、奥歯を噛みしめる。

このサーカスに入る前、アルフォンスは草原で暮らしていた。今よりもずっと幼く、自分が獣――ビクーニャの仲間なのだと信じていた頃のことだ。

仲間が険しい岩場を難なく移動していくのを、必死で追いかけた。でも、二足歩行のアルフォンスは上手く岩場を歩けなくて、いつも置いていかれる。待って、という言葉が通じたこともなかった。

ある日、群れとはぐれてしまい、歩き回っていると細い煙がいくつも上がっている場所を見つけた。火事かと思ったが、焦げ臭さではなくいい香りがした。

警戒しながらも近づいてみると、そこには自分と同じように二本足で歩く動物がいた。

そうか、自分はこっちの仲間だったんだ。

うれしくなって、アルフォンスは「おーい！」と両手を振りながら彼らに駆け寄り……石を投げられた。

ひいい、くるな！

逃げろ！　食われるぞ！

あっちいけ！　化け物――。

投げつけられた石よりも、心ない言葉が痛かった。

どこにも自分の居場所がなくて、疲れてしまって、身体を丸めて草むらで眠った。ひとりきりの夜はとても冷たく、寒かった。

オッドマンに拾われてこのサーカスにきてからは、その寒さをすっかり忘れていたというのに。

また同じ思いをするのかと自分の腕を抱いた時、

「はっくしゅ！」

「!?」

すぐ後ろで盛大なくしゃみが聞こえた。

驚いて振り返るとそこには、ひと抱えほどもある鉢植《はちう》えを持ったジャックが立っている。

「な、何しにきたんだよ」

反射的に出てしまったつっけんどんな物言いに後悔したが、取り消すこともできなくて俯いた。

「その……おいらはただ、水をあげにきただけだよ」

無視されなかったことにほっとしかけて、やっぱり自分に用があったわけじゃないのかといじける。

「……用が済んだらさっさと帰れ。僕が先にここにいたんだからな」

「……うん」

ジャックはそそくさとアルフォンスの脇を通り抜け、湖の水を鉢植えに掬い入れる。水やりなんて水道を使えばいいのにと、その効率の悪いやり方を眺めた。

三回くらい水を掬い入れたあと、ジャックはまた鉢植えを抱えてアルフォンスの横を通り抜ける。そのままサーカスのテントに戻る背中をただ見送った。

今、何か言わないとと思うのに、言葉が出てこない。

あっちいけ、と言われたらと思うと、喉がきゅっと閉じてしまって声にならない。

でも、このままでいいのだろうか。

このままずっと、ジャックとケンカをしたままで、ごめんなさいを言えないままで、いいのだろうか。

本当はずっと言いたかった。

本を破いてごめん。大切な本だったのに、本当にごめん。

それを言えないまま、ジャックと話せなくなるのは嫌だと、アルフォンスは無理やり声を振り絞った。

「お、おい……！」

「あ、あのさ……！」

同時に、振り返ったジャックの声が重なる。

「「！」」

向かい合った状態で、ふたりは鏡に映したようにおろおろと同じ動作をした。

「な、なんだよ」

「ア、アルこそ」

「僕は、その、あとでいい」

「えっ、おいらもあとでいいよ！」

「いいから、ジャックから言えってば！」

「そ、それじゃあ……」

もじもじしながら、ジャックは抱えていた鉢植えをちょっとだけ、持ち上げて見せる。

「これさ……種を蒔いてあるんだ」

植木鉢に土が入っているんだから、何も植えていないはずはないだろう。何を言い出すんだと、首を傾げた。

一杯一杯なのか、ジャックの顔には無数の汗が浮いている。この調子ではきっと、こっちの顔もまともに見えていないだろう。

「すごくきれいな花が咲くって、花屋の人が分けてくれて……。でも、水加減とかちょっと難しいらしくて……」

「……うん」

相槌に励まされたみたいに、ジャックがバッと鉢植えを抱えた腕をいっぱいに伸ばした。

「だ、だからこれ、一緒に育ててくれない!?」

ジャックの目は今や、ぐるぐると回る渦巻きになっている。

花を一緒に育てようなんて、ノアを誘ったほうがよっぽど似合ってるのに。

アルフォンスは自分の目の前に差し出されている鉢植えを覗き込んで、ちょっと笑った。まだ、芽が出る気配すらない。

「……仕方ないな。そういうことなら、手伝ってやってもいいぞ」

咳払いあとに、できるだけ渋々といった声を出した。でもその声は、どうしようもなく弾んでいて。

ジャックはぷっ、と小さく吹き出した。

「うん。手伝ってよ。おいらだけだと、枯らしちゃうかもしれないからね」

じゃあ早速と言わんばかりに鉢植えを押しつけられて、慌てて両手で抱え持つ。見た目よりも重いそれに、うぐ、と声が漏れた。

「あ……アルには重かったかな」

「そ、そんなわけないだろ！　これくらい、余裕だ！」

意地を張ってひとりで鉢植えを持ち、サーカスのテントに向かう道を歩き出す。

十歩ほど歩いた頃に、ジャックが「交代」と鉢植えを受け取ってくれた。正直、助かった。

「きれいな花が咲くといいなあ」

ニコニコとうれしそうな横顔を見ていると、頑なだった気持ちがふいにほろりと解けた。

「……ジャック、ごめん」

ぽつりと漏れた言葉に、ジャックが足を止める。

「本を破いたのは僕だ。……悪かった」

ジャックは驚きに目を丸くしてから、ぽんとアルフォンスの肩に手を置いた。ほんのちょっとしか違わないはずなのに、この時ばかりはジャックが年上に見える。

「うん。正直に話してくれたから、もういいよ」

仲直り、と手を差し出され、握り返した。

その手のあたたかさに、さっきまで寒くて凍《こご》えそうだった心もぽっとあったかくなる。こんなことなら、早く謝ってしまえばよかった。

「おいらも、ラクダなんて言ってごめんよ」

「……いいよ。今回は特別に許してやる」

「次に言ったら許してくれないの？」

「当たり前だ。僕はラクダじゃないからな！」

「じゃあ、アルパカなら？」

「それも怒る」

「線引きが難しいなあ」

軽口を叩き合いながら森の道を抜けた。サーカスのテントが見えてくると、ノアがふたりを見つけて走り寄る。

「ジャック、アルに上手に話しかけられた？」

「あっ！　ノア！　それは言っちゃダメ！」

「な～んだ、やっぱりこの鉢植えは口実だったのか」

「違うよ！　おいらは水やりにいっただけで……っ」

「アル、ちゃんとごめんなさいできた？」

「っ⁉　ぼ、僕は別にずっと謝ろうと思ってたなんてことは……っ」

「ふ～ん、アルってばそんなにおいらと仲直りしたかったんだ」

「違うって言ってるだろ！」

「……ふたりとも、仲直りできてよかったね」

すっかり元の調子に戻ったふたりに、ノアは小さく笑った。それにアルフォンスとジャックは目を丸くしてから、にやりと目配せをする。

「ケンカなんていつしてたんだ？」

「う～ん、いつかな？　してないんじゃない？」

「そうだな。うん。ケンカなんかしてない」

「うん、そうだよ」

うんうん、と頷き合うふたりに、今度はノアが目を丸くする番だった。

第六章

盲目の歌姫アンジェレッタ

Lost Heart and Strange Circus

穏やかな風が吹き、揺れた木々が葉を鳴らした。それを合図にしたかのように鳥が飛び立ち、空に抜けるような鳴き声を響かせる。

波のない湖では、魚の跳ねる音が聞こえた。それを狙う鳥の羽音に、水を飲みにきた動物の草を踏む足音が混じる。

耳を澄ますと、この世界がどれだけ音にあふれているのかに気づかされる。水中や地中でそれらを聞くよりも、地上に出て聞くそれらの音のほうが、アンジェレッタは好きだった。

湖畔にある切り株に座り、鳥の囀りに混ぜてもらうように歌を口ずさむ。

刹那《せつな》、森がシン……と静まり返った。

森の住人たちはアンジェレッタの歌声に耳を傾けてから、呼応するように歓喜の声をあげ始める。風や鳥、様々な動物たちが一斉に歌い出し、森の大合唱が始まった。

身体の中から熱くなってくるのを感じながら、アンジェレッタは歌う。

その歌声を聞こうと集まってくる動物たちの足音の中に、愛しい人のそれを見つけた。自然と頬が綻ぶのを感じながら、ゆっくりと振り返る。

「こんにちは、ダイゴ。会いに来てくれたの？」

アンジェレッタが座る切り株から少し離れた位置で、足音が止まった。

「……どうしていつも、声をかける前にオレだとわかるんだ？」

純粋に不思議だから聞いた、といった口調に、アンジェレッタの微笑みがほんの少しだけ翳る。けれどそれは本当にわずかなことで、ダイゴが気づくことはなかった。

「あなたの足音なら、どんなに離れててもわかるの。水中や、地中を泳いでいてもね」

「……すごいな」

「ふふ、そうでしょう？」

ふっ、とダイゴが笑った気配がする。

アンジェレッタは目が見えないし、ダイゴはマスクで顔を覆っているので表情が見えない。

それでも、ふたりの間ではそれらはまったく問題にならなかった。

「邪魔をしたか？」

「いいえ、ちっとも！　あなたに会いたいなと思って歌っていたから、来てくれてうれしい」

「……そうか」

「あら、照れてる？」

「…………そうかもしれない」

「うふふ。あなたのそういうところも好きよ」

「……………………そうか」

口ベタな恋人の代わりに、惜しみなく愛の言葉を囁く。それももう、当たり前の日常になっていた。

顔を見にきただけというダイゴは、十分程度の休憩を終えるとまたサーカスのテントへ戻っていった。

その背中を、じっと見つめる。

今は見ることができないけれど、遠い昔に毎日見つめていたから、頭の中でダイゴの背中を簡単に思い描くことができた。

出会った頃よりも大分逞しくなった背中を見送っていると、とても小さな足音が聞こえてくる。徐々に近づいてくるその足音に、アンジェレッタは笑顔を向けた。

「こんにちは、ジャス」

足音がすぐ近くで止まり、切り株の空いたスペースに座るのがわかる。

「アンジェレッタって本当に耳がいいわね。あたしの足音なんて普通聞こえないのに」

ジャスミンは感心したように言いながら、遠慮なげにアンジェレッタに寄りかかった。寄りかかるといってもとても軽いので、何かが触れたような感触があるだけだったけれど。

「きっと、ここがとても静かだからね」

「ふうん」

「ところで、わたしに何か用事があって来たのかしら？」

「あ、そうそう。団長が夕方くらいに客人が来るから舞台に立ってほしいって」

「そう、わかったわ。伝言ありがとう」

「どういたしまして」

用事を終えたらすぐに行ってしまうのかと思っていたが、ジャスミンは立ち上がる素振りを見せない。かといって、他に用事がある感じでもなかった。

どうしたのだろうと思っていると、

「……ちょっと、聞いてもいい？」

ジャスミンにしては珍しく、遠慮がちに声をかけられる。

その声にはちょっと照れた色があり、アンジェレッタは内心「あらら？」と期待した。

「ええ、もちろん。わたしでよかったら、なんでも聞いて」

やや前のめりになってしまったが、ジャスミンは気づいていない。

「ここに来る時、ダイゴとすれ違ったのよ。それでちょっと思ったんだけど、ふたりっていつから知り合いなの？」

てっきり恋の相談が始まるとばかり思っていたので、少しだけがっかりした。

けれどアンジェレッタの予想は、完全に外れていたわけでもなかった。

「……恋人同士っていうのは知ってるけど、ふたりの馴《な》れ初《そ》めって聞いたことなかったじゃない？」

恋人たちの話が聞きたいということは、ジャスミンも恋の話に興味があるということだろう。

そんなお年頃なのね、と微笑ましい気持ちになる。

「そういえば、ジャスには話したことがなかったわね。わたしたちはね……ここからは遠く離れた、海辺で知り合ったの」

語り始めたアンジェレッタの頭の中に、太陽の光をキラキラと反射している青い海が広がっていった。

＊＊＊

あれはまだ、アンジェレッタがただの人魚として海で暮らしていた頃のこと。

その頃は人間と話したことがなく、浅瀬まで泳いでいっては遠い浜辺に見える人間たちを眺めていた。それを仲間たちはやめておけと止めたけれど、せっかく友達が増えるかもしれないのに、まったく近づこうとしないことのほうが不思議だった。

「どうしてそんなに人間に近づこうとするのよ？」

仲間のひとりが、呆れたように聞く。

「人間って、そんなに怖いものなの？」

若いアンジェレッタは、人間がどんな生き物なのかをよく知らなかった。だからこそ、近づいてみたいと思っていたのだけれど誰にも理解されない。何故なら、仲間たちは人間を酷く嫌っていたからだ。

「人間はこの世界で最も残酷な生き物よ」

「そうそう。人間に見つかったら鱗《うろこ》を剥《は》がされ、血を啜《すす》られるって」

「私たちの肉も食べるって聞いたわ」

「まあ、なんて野蛮《やばん》なの！」

「それに、海にゴミを捨てるでしょう？」

「裏の街に面している海なんて、毎日工場から汚れた水が流れてくるって聞いたわ」

人間の話を始めると、あっという間に仲間が集まってきた。

怖い酷いと口々に言いながらも、その誰もが誰かに聞いた話だとか、噂話をしていることに苦笑しそうになる。

結局最後は、

「やっぱり海の中が一番ね。人間はここでは生きていけないもの」

いつもこの結論に落ち着いた。

アンジェレッタだって、海での暮らしに不満があるわけじゃない。色とりどりの魚に、美しい珊瑚。水平線に沈む太陽を仲間たちと眺めるのも好きだ。

でも、人間とは、仲間が言うようにそんなに恐ろしい生き物なのだろうか。

海の中にも、鋭い牙や毒を持つ生き物はいる。魚たちからしたら、彼らを食べる人魚も人間もさして差がないような気がした。

それに実のところ、アンジェレッタは最近ちょっと気になっている人間がいる。

話しかけるどころか、きちんと顔が見えるような距離まで近づいたこともないのだけれど、気になっている。

彼は毎日早朝に海にやってきて小舟を出し、前の日に仕掛けた網《あみ》を引き上げて魚を捕っていた。時折、彼よりも年下らしい人間と一緒の時もある。

午前中はそうして海に出て、浜に戻ると大人に何か言いつけられて陸へと上がっていく。たまに夕方や夜に海に戻ってくることもあり、そういう時は網を繕《つくろ》うか、ぼんやりと海を眺めていることが多かった。

初めて彼のことを知った時、彼は大人に暴力を振るわれていた。

それは真夜中のことで、さすがにこんな時間に人間はいないだろうと油断して、だいぶ浜辺に近づいていた。

突然聞こえた怒鳴り声に慌てて岩場に隠れると、大柄な男が彼の髪を無造作に掴んで歩いてくるのが見えた。男は彼を浜辺に引き倒し、思いきり蹴った。思わず悲鳴をあげそうになったアンジェレッタとは反対に、蹴られた彼は呻き声ひとつあげない。

それが男には気に入らなかったようで、汚い言葉で罵り、蹴り、殴り、唾《つば》を吐きかけた。男が疲れて息切れし始めた頃、ようやく満足して背を向ける。彼は男の足音が完全に聞こえなくなるまで身体を丸めて、ただただ、息をしていた。

酷い怪我を負っている。手当てが必要だろう。

けれど、人間は恐ろしい生き物だという仲間たちの言葉が脳裏に浮かび、アンジェレッタの心を挫く。

二の足を踏んでいる間に、彼がのろのろと身体を起こした。肩や腕を慎重に動かしていく様子は、壊れた箇所を探しているかのように見える。

やっぱり手当てをしよう、と岩陰から出ようとした時、

「ダイゴさん！」

砂浜を転がるようにしてまた別の人間が走って来た。

その姿を見て、彼――ダイゴとたまに一緒に船に乗っている人間だと気づく。

近くで見ると、ダイゴも大人になりきっていない様子だったが、彼はさらに子供の幼さが残っているような年頃だった。

彼はダイゴの前に膝をつくと、月明かりの下でもはっきりとわかる酷い怪我に声を震わせる。

「ごめんなさい、おれのせいだ……。ダイゴさん、何も悪くないのに……！」

「……いい。お前は気にするな」

「でも……っ」

「こんなの、大したことない」

何があったのか、細かいことはわからない。けれど、ダイゴが幼い人間を庇って殴られていたことだけは、アンジェレッタにも理解できた。

このやり取りを見かけてから、アンジェレッタはダイゴのことが気になって仕方がない。

ダイゴに暴力を振るっていた人間は、みんなが言うように恐ろしい生き物に見えた。

けれど、ダイゴは同じ人間でも違う気がする。少なくとも、自分よりも幼い者を庇うやさしさを持ち合わせている。

人間にも、悪い人間と良い人間がいるのではないか。

その考えは、こっそりダイゴを見つめるうちに日に日に確信へと変わっていった。

みんなには浅瀬を泳ぐ練習だと言って、毎日ダイゴを眺めにいった。

昼のうちは目立つので岩陰からこっそり見つめ、ダイゴがたまに夜に海辺へやってくる時はもう少しだけ近づいた。

そんなことを十日も続けてわかったのは、ダイゴはとても物静かだということだ。

誰かと一緒にいる時も、大抵相手の人間が何かをしゃべり、聞き役に徹していることが多い。

ひとりでいる時に鼻歌を歌うようなこともなかった。

だからこそ余計に、話してみたいと思ったのかもしれない。

直接言葉を交わし、いつも海を見て何を考えているのかを聞いてみたい。

その欲求は高まるばかりで、止まるところを知らなかった。

けれど、仲間たちは当然、アンジェレッタがダイゴと接触するのには大反対で……。

人間が人魚を見つけたらどうするのかを、仲間たちから嫌というほど聞かされた。中には良い人間もいるのだと反論すれば、人魚姫というおとぎ話を引き合いに出される。

アンジェレッタだって、わかっていないわけじゃない。

人間と人魚という種族間の壁が、どれほど高いかということを。

だから話しかけるまでの勇気は出せず、眺めるだけで満足しようとしている。

その夜も、ダイゴが浜辺を歩いている足音を聞きつけて大急ぎで泳いできたのに、やっぱり話しかけられずに岩場に隠れた。

ダイゴは砂浜の上にあぐらをかき、海を見つめている。

その距離は、ほんの数メートル。ダイゴが呼吸をする度に、微《かす》かに胸が上下するのまで見えた。

近くで見ると思っていたよりも体つきがしっかりしている。剥《む》き出しの腕なんて、アンジェレッタの二倍は太いかもしれない。鼻梁は高く、唇はやや薄い。こんな顔をしていたのかと、つい繁々と見つめてしまった。

ただ残念なのは、月明かりの下ではダイゴの瞳の色までは見えないことだ。昼間は遠くからしか見られないので、瞳の色までは見えなかった。

鮮やかな赤髪に褐色《かっしょく》の肌の彼は、一体どんな瞳の色をしているのだろう。

いつか知る機会は訪れるだろうか、と思っていた時、

「……出てこないのか？」

ふいにダイゴが口を開いた。

慌てて岩場に身体を引っ込めたけれど、まさか自分以外にも誰かいるとは思わなかった。

アンジェレッタは逸る心臓を落ち着けようと静かに深呼吸してから、辺りを窺う。けれど、一向に誰も姿を現さなかった。それに、ダイゴもひと言発したあとは黙り込んでいる。

ひとり言とも思えないし、どういうことだろう。

もしかしてダイゴの勘違いかなと思い始めた頃、彼が短く息を吐いて横を向いた。

「！」

その視線は、明らかにアンジェレッタが隠れている岩場に向けられている。この時になってようやく、自分が話しかけられていたのだと気づいた。

「出てきたくないなら別にいい。けど、ひとつ聞かせてくれ」

ダイゴは返事のない岩場に向かって話し続ける。

「どうして、オレのことを見てるんだ？　ここのところ、毎日だろう」

十分に距離を取っていたつもりだったのに、気づかれていた。

黙って見ていたことが急に恥ずかしくなってきてしまい、頬が熱い。

このまま隠れていたい気持ちのほうが正直強かった。でも、せっかくダイゴのほうから話しかけてくれたのだ。見られていることを気味悪がってかもしれないけれど、この機会を無駄にしてはいけないと、アンジェレッタは勇気を振り絞って岩場から顔を覗かせた。

「あの……勝手に見てて、ごめんなさい」

「………………」

ダイゴは無言のまま、目を見開いている。その視線が、アンジェレッタの額にある二本の触覚と、魚の背びれにも似た形状の耳に向けられているのがわかった。

腰から下を見られなければ人魚だとバレないかもしれない。一瞬でもそれを期待していた自分の浅はかさに、全身が羞恥《しゅうち》で熱くなった。

「わたし、ただ……その……っ」

しどろもどろに説明する間も、ダイゴは無言のままじっと見つめてくる。その視線に堪えきれなくて、アンジェレッタは尾びれでビタンと海面を叩いてしまった。

「!?」

大きな音にというより、アンジェレッタの魚の下半身が見えて、ダイゴが腰を浮かせる。怖がらせてしまったと、焦った。

多くの人魚は人間を恐ろしい生き物だと思い込んでいるけれど、よくよく考えれば人間が人魚をどう思っているのかをアンジェレッタは知らない。もしかしたら人魚たちと同じように、怖れている可能性だってある。

「ご、ごめんなさい！　驚かせるつもりはなくて、これはその、勝手に動いちゃっただけで……あ、当たってもそんなに痛くないと思うの！　水の中なら！」

ぐるぐると定まらない思考のままに早口でまくし立てる。どうにか、敵意がないことだけはわかってもらいたくて、必死だった。

逃げてしまわないで。もう少しだけ、あなたと話がしたい。

アンジェレッタの強い祈りが届いたかのように、ダイゴは浮かしていた腰をまた、砂浜に落ち着けた。

「陸で叩かれたら痛いのか」

「い、痛いかも……しれない。叩いたことはないから、わからないけど」

「そうか」

ふっと笑った顔はとてもやさしげで。

それだけでもう、十分だった。

アンジェレッタはおずおずと岩場を離れ、浅瀬に向かってゆっくりと近づいた。それを、ダイゴはやはり静かな瞳で見つめるだけで、何も言わない。

「……逃げないでいてくれるの？」

お互いの顔がよく見えるところまで来て、初めて、浜に上がった。

ダイゴはアンジェレッタの下半身をひと目見てから、頷く。

「ああ。……さっきはすまなかった。人魚を見るのは初めてだったんだ」

「わたしも……人間をこんな近くで見るのは初めて。その……人間ってやっぱり、人魚を食べるの？」

好奇心に負けて聞くと、ダイゴは小さく首を傾げた。

「……どうだろう。オレは食べる気になれないが」

正直なその感想に、微笑まずにはいられない。こうしてちゃんと話してみなければ、わからないことはたくさんある。

「それで、どうしてオレのことを見てたんだ？　……人魚は人間を食べるのか？」

もしそうなら困るな、と真剣に悩む様子に、慌てて首を横に振った。

「食べたりしないわ！　お魚や海藻は食べるけど」

「そうか」

「わたしたちは人間のことを何も知らないの。だから……」

話してみたくて、ずっと見ていた。

そうしたら、あなたは良い人間にしか思えなくて、目が離せなくなって、毎日あなたのことばかり考えてしまって……。

すとん、と胸の底に落ち着いた感情が、口を突いて出た。

「わたし、あなたのことが好きなんだわ」

「！」

言われたダイゴよりも、言ったアンジェレッタのほうが驚いてしまい、開いたままの口を閉じられない。

じわじわと時間差で恥ずかしくなってきて、真っ赤になっているであろう頬に両手を当てた。

ふたりとも、黙って自分の足元を見つめる。穏やかな波の音だけが、砂浜に響いていた。

いい加減、このまま黙っているわけにもいかないと思い始めた頃、ダイゴが先に沈黙を破った。

「…………………わかった」

それがアンジェレッタの告白に対する返事だとわかるまで、数秒。

ダイゴが自分の髪を軽く掻いて、目を逸らす。それが照れているのだとわかるのに、また数秒かかった。

拒絶されなかったことに、気持ちが舞い上がる。

「あの……また、会いに来てもいい？」

おずおずと聞くと、少しだけ困った顔をされた。調子に乗りすぎたかもしれない。

困らせたいわけではないので急いで撤回しようとしたところ、わかってるとばかりに手で制された。

「違う。……会いたくないわけじゃない」

パッと顔を輝かせたアンジェレッタに、やはりダイゴは苦笑を向ける。

「大人の中には、人魚を捕まえて売り物にする奴がいると聞いたことがある。だから、あまり人間のいる場所には近づかないほうがいい」

「でも……」

それでは、ダイゴに会えない。

言葉の続きがダイゴにも通じたのか、思案するように口元に手を当てた。

「……夜なら、大丈夫かもしれない」

ダイゴの話によると、この辺りの集落に住んでいる人間は漁師が大半を占め、その漁師も早朝から漁に出るため日暮れには家で休むらしい。特に夜は海に魔物が出ると信じられており、日が沈んでから海に近づく人間、特に大人は珍しいのだという。今もこの砂浜にいるのは、アンジェレッタとダイゴのふたりだけだった。

日が完全に落ちた夜の間だけ、会う。

それでどうだろう、と見つめられて、一も二もなく頷いた。

「わたしは夜でもちっともかまわない。でもあなたは……」

ダイゴが毎日早朝に船を出すことを、知っている。夜は毎日はここに来ていないことも。

「そうだな……。こられる日とこられない日はあると思う。それを考えると、合図を決めたほうがいいだろう」

「合図？」

「毎日ここで待っていたら、人が滅多にこないとはいえ、いつか誰かに見られる可能性がある。……お前は目立つからな」

目立つと言われれも、アンジェレッタにはよくわからない。海の中には自分よりもずっとカラフルな魚が多いので、首を傾げた。それを見て、ダイゴはちょっと困ったように笑う。

「それなら、こういうのはどうかしら」

アンジェレッタは一度海に潜ると、海の底から巻き貝を拾ってまたダイゴの元に戻った。

「この貝があの岩場に置いてあったら、会える日。置いてなかったら、会えない日。岩の窪《くぼ》みに入れておけば、高波の時も流されたりはしないと思うわ。引き潮の時に海に浸かる場所なら、わたし以外にこの合図は見えないでしょう？」

「……なるほど。いいかもしれない」

その夜から、アンジェレッタとダイゴの秘密の逢瀬《おうせ》は始まった。

貝殻《かいがら》が置かれる日はまちまちで、連続することもあれば、三日も四日も間が空くこともある。

アンジェレッタは日が暮れると毎日この岩場にやってきて、貝殻の有無を確認した。

貝殻があれば飛び跳ねて喜び、なければしょんぼりと海に帰る。

そんな日々が一ヶ月も続くと、足音だけでダイゴがくるのがわかるようになっていた。

ダイゴが岩場に着くよりも先に海から顔を出し、

「こんばんは、ダイゴ」

と声をかける。

「……いつも、どうやってるんだ？」

ダイゴは顔にあまり出ないが、驚いているようだった。

「足音でわかるの」

「耳がいいんだな」

「ふふ、でもわかるのはあなたの足音だけ」

「…………そうか」

ダイゴは照れると少し、返事が遅くなる。

そんな他愛もないことを知る度に、愛おしさが募っていった。

同じだけ返してくれなくてもいい。少しでも、自分のことを想ってくれる時があればそれで、十分だった。


その日も、貝殻の合図を確認してアンジェレッタは岩場でダイゴを待っていた。

けれど、いつもなら来るはずの時間になっても、ダイゴがやってこない。

何か急な用事ができてしまったのだろうか。

しばらくは海の中で待っていたのだけれど、待ちくたびれてしまった。

陸に上がれば何かわかるかもしれない。

ダイゴは自分がいない時に陸に上がらないようにと言っていたけれど、今までダイゴと会っている時に他の人間がきたことはなかった。少しくらいならきっと大丈夫だろう。それに、もしダイゴがメッセージを残していたら大変だ。

月と太陽が交代してしまう前に、アンジェレッタは浜辺へと近づいた。

今日は生憎の曇り空だったので空が暗く、見通しが悪い。風も強く、海も荒れていた。浅瀬で頭を覗かせても、ダイゴの姿は見つからなかった。

「ダイゴ……？」

名前を呼んでも、返事はない。

もう少しだけと陸に上がり切った時、その叫び声は聞こえた。

「来るな！　逃げろ!!」

はっと丘を見上げる。

アンジェレッタが気づいたとわかると、ダイゴの後ろに隠れていたらしい男たちが松明《たいまつ》を掲げた。その明かりで、数人の大人たちに取り押さえられているダイゴの姿が浮かび上がる。松明の揺れる明かりに照らされたダイゴの顔は、酷く殴られ見るも無惨に腫れていた。

どうして、こんなことに。

「ダイゴ！」

「逃げろ、アンジェ！　逃げろ！」

何が起こっているのかわからない。

咄嗟《とっさ》に、ダイゴの元へ行こうとした。

助けなければ。

それしか頭になくて、丘へ向かおうとした。けれどアンジェレッタの足では、丘まで上がるのに長い時間がかかる。初めて、人魚姫の気持ちがわかった。この足が人間のものだったら、どんなによかっただろう。

ままならない足でダイゴの元に向かおうとしたアンジェレッタの身体を、無数の人間の手が押さえつける。

「捕まえろ！」

「っ……！　いや！　離して！」

男たちに、腕を掴まれた。それを払おうと尾びれを大きく振る。

「うわ！　危ねえ！」

「気をつけろ！　骨を折られるぞ！」

「来ないで！　ダイゴのところへ行かせて！」

暴れるアンジェレッタに、男たちは慌てて距離を取り周りを取り囲んだ。その手に刃物を握っているのが見え、身体が竦む。本能が、海へ帰ろうとアンジェレッタの身体を後ろへ振り向かせた。

「潜らせるな！　尾を押さえろ！」

「いや腕だ！　腕を押さえろ！」

「つ、離して！　どうしてこんなことを!?」

「食いつかれるぞ！　口輪を早く！」

「ええい、逃げられる前に目を潰しちまえ！」

灼けつくような熱が、瞳に走った。

「あああ――……！」

目を開けていられず、両手で顔を覆って叫ぶ。熱い。燃えるように目が熱い。

頬を、涙が流れる感触があった。けれどそれは涙などではなく、真っ赤な血――。

「アンジェ！　アンジェレッタ!!　お前たち、なんてことを……!!」

遠くから、ダイゴの叫び声が聞こえる。怒りに満ちたその声は、ごうごうと鳴る風の音に混じって獣の咆哮のように海へと響き渡った。

腕も足も頭も湿った砂浜へと強く押しつけられている。必死に頭をもたげてダイゴのいる丘を仰ぎ見た。

男たちの怒号。ダイゴの呻き声。海鳴り。

光のない暗闇の中で、音だけが聞こえた。

何も見えない。松明の明かりも、ダイゴの姿も。

「ダイゴ……」

待ってて。すぐに――。

「おい、聞いたか？　ついに例の人魚を捕まえたってよ」

「うえ、あの噂本当だったのかぁ！　それで、どこに売り飛ばすって？」

「そりゃ見世物《みせもの》小屋だろ。く〜、高く売れるんだろうな〜。俺にも声かけてくれりゃ、ひと口噛めたのによ」

「にしても、あのダイゴがよく承知したなぁ」

「はは、するわきゃねえ」

「ん？　けど、ダイゴしかその人魚を呼べないんじゃねえのか？」

「そこはあれよ。こそこそ会ってんのを何日も見張って、合図ってやつを利用したんだな。ま、所詮子供の考えることだ。大人の知恵にゃかなわん」

「なるほどなぁ」

「そんで、人魚をめでたく捕まえたってわけだな。ダイゴの奴が協力しなかったせいで手こずって、目ぇ潰しちまったらしいが……」

「おいおい、大事な商品に傷つけちまっていいのかよ？」

「さあな。魚の下半身がくっついてりゃ、見世物として十分ってことだろ」

「違えねえ」

男たちの下卑《げび》た笑い声が聞こえてくる。それを、やけに塩っぽい水の中でアンジェレッタは聞いていた。

どうやら、自分はこれから見世物小屋へ売られるらしい。

拘束《こうそく》はされていないが、少し泳ぐとすぐ壁のような物にぶつかった。たぶん、小さな水槽《すいそう》か何かに入れられているのだと思う。

目が激しく痛み、瞼を開けることができなかった。

視界は閉ざされ、光すら感じない。初めは夜なのかと思ったが、近くでしゃべっていた男たちがアンジェレッタに気づいていなかった様子から、自分の入っている水槽に布でもかけられてるのではないかと思う。

今、ダイゴはどうしているのだろう。

ダイゴに関することを話してくれないかと男たちの会話に耳を澄ませていたが、しばらくするとどこかへ行ってしまった。

ダイゴが無事でいるか知りたかった。

逃げろと言ってくれた時、酷い怪我をしていた。おそらく、大人たちに殴られたのだろう。

アンジェレッタを捕まえる手伝いをしなかったせいで。

どうしてあんな酷い仕打ちができるのかわからない。異種族である自分ならまだしも、ダイゴは同じ人間で、しかもまだ大人ですらない。

今になって、人間は冷酷な生き物だと言っていた仲間の言葉が胸に突き刺さった。

数日経った頃、アンジェレッタの水槽は運び出された。

激しい揺れで運ばれていることがわかっただけで、どこへ行くのかはわからない。

人間たちは、誰ひとりとしてアンジェレッタに話しかけてこなかったからだ。

遠くへ連れていかれてしまっては、ダイゴに会えなくなる。

それだけは嫌だと、食事を与えられる機会を窺ってこちらから話しかけても、答えてくれた人間はひとりもいなかった。中には、悲鳴をあげて逃げ出した人間もいる。

人魚と人間。

その間にあるのは、がんばれば越えられる壁なのだと思っていた。けれど、違った。

そこにあるのは絶望的に深い溝だ。

人間も、そして人魚も、落ちたら死ぬと思い込んでいる、溝だ。

長い時間が過ぎたあとに、ようやく揺れが収まった。見世物小屋に到着したのだろうか。

すぐに大勢の人間たちの見世物にされるのだとばかり思っていたが、人がやってくる気配は一向になかった。どういうことかと思っていると、微かに聞こえたフクロウの声で理由がわかった。

「……夜だったのね」

仕事は、明日からになるのだろう。

そうとわかれば、今日は眠ってしまおう。どんなに辛い現実が待っていようと、生きてさえいればなんとかなる。

生きてさえいればまた……ダイゴに会える可能性がある。

それだけを心の支えに、この数日を過ごしてきた。見世物にされるくらいで、へこたれる気もない。

それに多くの人間に会えば、中にはダイゴを知っている人もいるかもしれない。悪いことはいくらでも想像できたが、ダイゴのやさしい笑顔を思い浮かべてそれらを追いやった。

無理やり眠ろうとしていたアンジェレッタがようやくうとうとし始めた頃、水槽に近づいてくる足音を耳が拾った。

夢を、見ているのだと思った。

そうでなければ、その足音が聞こえるはずがない。

いい夢でよかったと思っていると、突然、光が差した。誰かが、水槽にかかっている布を取ったのだ。

見えない瞳で光を感じ、アンジェレッタはその光を見上げる。

「……誰？」

ガラスの厚い壁に、誰かが手で触れた。その体温までは感じられなくても、音でわかる。

誰、ともう一度呼びかけたアンジェレッタの耳に、夢の中で聞いたのと同じ、低く静かな声が聞こえた。

「アンジェ……」

「！　ダイゴ？　ダイゴなのっ？」

喜びで胸がいっぱいになる。すぐにでも水槽を飛び出したかった。

「よかった……！　無事だったのね！　怪我は？　どこか痛むところはある？」

「…………」

「頬がとても腫れていたけど、ちゃんと手当てはした？　放っておいてはダメよ。小さな傷でもちゃんと治療しないと――」

矢継ぎ早に話しかけるアンジェレッタを止めるように、ゴツ、と何かが水槽を叩く音がした。

「……すまない」

少しくぐもって聞こえたその声で、ダイゴが額を水槽にぶつけた音だとわかった。

ダイゴの声は、震えていた。

「ダイゴ……謝らないで。あなたは何も悪くない」

「っ……オレが、夜に会おうだなんて言わなければ、お前をこんな目に遭わせることはなかった！」

「でも、会おうと言ってくれなかったら、あなたにも会えなかった」

「……っ……」

「泣かないで、ダイゴ。……わたしね、今とっても幸せよ」

「幸せ……？」

ダイゴに顔を上げてほしくて、アンジェレッタは精一杯笑顔を浮かべる。

「また、ダイゴが会いにきてくれたから、幸せ」

「何を……」

「本当よ？　だって、あの有名な人魚姫だって王子様に愛してもらえないまま泡になって消えてしまったのに、わたしにはこうして会いにきてくれる人がいるんだもの。これを幸せと言わないでなんて言うの？」

「……お前はどうしてそんなに強いんだ」

「ふふ。恋する乙女は、いつだって強いのよ。知らなかった？」

得意気に胸を張って見せると、力なく笑う声がした。

「……ああ、初めて知った」

「だからね、わたしは大丈夫。会いにきてくれて、ありがとう。でももし、あなたが危険を犯してまでここに来ているなら……」

「アンジェ」

また、水槽にダイゴが額をつけた音がした。呼ばれているのだとわかり、アンジェレッタも同じようにガラスにそっと額を寄せる。押し当てた手のひらに、わかるはずはないのにダイゴの体温を感じた。

「アンジェ……」

「……はい」

「オレが……お前の目の代わりになる」

「え……？」

「この先ずっと、オレの命が果てるその時まで、お前のそばにいる。それを……許してほしい」

胸の中が、あたたかいものでいっぱいになる。堪えきれなくて、水槽の中で涙を流した。

「……泣いているのか？」

見えないはずの涙に気づいてしまう、やさしい人。

きっと、この人に人間の世界は生きづらいことだろう。ましてや、人魚である自分のそばになどいたら、どんなに辛いことがこの先待っているかわからない。

それでも、わたしといることを選んでくれた。

アンジェレッタは涙を拭い、にこっと唇を引き上げる。

「わたしね、あなたのことが大好きみたい」

長い沈黙のあと、

「……オレも、同じ気持ちだ」

まっすぐなダイゴの声が聞こえた。

＊＊＊

ジャスミンが鼻をすすっているのには気づかないふりで、アンジェレッタは明るい声で続けた。

「ダイゴったらね、わたしが売られたとわかってすぐに、自分も同じ見世物小屋に売ってくれって大人たちにかけ合ったらしいの」

「自分からっ？」

「そう、自分から」

「でも、ダイゴって大人たちから酷い仕打ちを受けてたのよね？　見世物小屋なんてもっと酷い目に遭うんじゃ……」

「ええ。見世物小屋に売られたくなくて必死に働く子供がいる中で、反対のことを言ったなんてびっくりよね。でも、ダイゴは本気だった。もし売ってくれないなら、大人たちの家すべてに火をつけるって脅したそうよ」

それもすべて、自分を追いかけるためにしてくれたことだと思うと、胸が痛む。

いくら劣悪な環境にいようと、ダイゴはそれなりの働き手になっていたはずだ。それを大人たちが簡単に手放したとは思えない。

「……意外だわ。ダイゴは物静かなヒトだと思ってたから」

「ええ、普段はとても穏やかよ。やさしすぎるくらい。でも、胸の奥はとっても情熱的なの」

満面の笑みを浮かべると、ジャスミンがつられたように笑った。

「アンジェレッタって、本当にダイゴのことが好きなのね」

「うふふ。ええ、大好きよ。わたしだけのナイトだもの」

「ご馳走さま。あたしはそろそろいくわ。話してくれて、ありがとう」

「どういたしまして」

「それじゃあ、またね」

ぴょん、と身軽に切り株から降り、ジャスミンが歩き去る。その足音が聞こえなくなるまで手を振ってから、アンジェレッタは背後に顔を向けた。

「もう出てきても大丈夫よ、わたしのナイトさん」

茂みがガサッと鳴る。

「……気づいてたのか」

「もちろん。あなたの足音なら、どこにいてもわかるって言ったでしょう？」

笑ったアンジェレッタの前に、ダイゴが立つ音がした。

「顔を出してくれればよかったのに」

「いや、話の邪魔をしても悪いからな」

ダイゴが湖にきたのはほんの少し前のことで、ジャスミンとの会話はほとんど聞いていないだろう。ダイゴ自身は忘れてしまった、物語を。

「ダイゴは休憩の時間？」

「いや、外が冷えてきたからこれを持ってきただけだ」

柔らかな物を膝にかけられ、自然に笑みが浮かぶのを感じる。

「ありがとう。とてもあたたかいわ」

「ああ」

「でももう少しあたたかくなりたいから、ダイゴもここに座って？」

トントン、とふたりで座るには狭い切り株を叩くと、ふっと笑った気配がする。

「……もう一枚、毛布を持ってくればよかったな」

そう言いながら、ダイゴはそっとアンジェレッタを抱き上げると、自分が切り株に座り、その膝の上にアンジェレッタを座らせた。

「ふふ、あったかい」

「そうか」

「ねえ、ダイゴ」

「なんだ」

「わたし、あなたが大好きよ」

長い、長い沈黙のあと、「オレもだ」と小さな呟きが聞こえた。

第七章

手品師オスカー

Lost Heart and Strange Circus

ふわりと吹いた風に、オスカーは慌てて小さなシルクハットを手で押さえた。

空気が少し、湿っている。これは、ひと雨くるかもしれない。

サーカスのテントを出たばかりだったが、傘を取りに戻ろうと踵を返した。これからの予定を考えると、多少手間になっても傘を持っていたほうがきっと助かる。

きた道を引き返すと、ちょうどノアがサーカスのテントから出てくるところだった。

ノアは自分の靴についているゴミでも見ているかのように、俯いている。

日頃、ノアが胸を張って歩いているところを見たことはないが、それにしても俯きすぎな気がする。何かあったのだろうかと、声をかけた。

「やあ、ノア。元気がないようだが、どうしたんだ？」

「……オスカー。ううん、なんでもないの」

なんでもないようにはとても見えなかったが、話したくない気分なのかもしれない。

無理に聞こうとはせず、オスカーは右手をそっとノアの前に差し出した。

「……？」

握手を求めるようなその仕草に、ノアが首を傾げる。オスカーはノアの視線がしっかり自分の手を見つめているのを確認してからパチン！　と指を鳴らした。

するとどうだろう。何もなかったはずの手の中に、紫色の花が現れる。その花はまだ咲いておらず、ぷっくりと風船のように膨らんだつぼみだった。

「！」

驚いているノアの目の前で、軽くその花を揺らした。その途端、ポン！　と弾けるようにつぼみが開き、ノアが目を瞬かせる。

「さあ、ノア」

咲いたばかりの桔梗を差し出すと、ノアはずっと俯けていた頭を上げた。

「……ありがとう」

その唇にはほんのりと笑みが浮かんでいて、オスカーまでうれしくなる。

「オスカーは、どうしてそんなに手品が上手なの？」

「ははは！　うれしいことを言ってくれるな。もちろん、たくさん練習したからだよ」

「練習したら、わたしにもできるかな……？」

「うむ。きっとできるようになるさ。その時はわたしが教えよう」

「本当？　……ありがとう」

ノアと話していると、遠くから教会の鐘《かね》の音が聞こえた。

「おっと、いけない。わたしはそろそろ出かけないといけないので、失礼するよ」

ノアに向かって軽くシルクハットを持ち上げて挨拶をしてから、サーカスのテントに戻ろうと足を向ける。その背中に、ノアの声がかかった。

「どこに行くの？」

「ちょっと傘を取りにね」

「お出かけ？」

「ああ。今日はとても大切なレディと、お茶の約束をしているんだ」

軽くウィンクして見せると、ノアは不思議そうに首を傾げた。


傘を片手に、オスカーは人間の町に出た。

まだ夕方にもなっていないというのに、辺りに人間の姿はない。それもそのはずで、歩いているのは郊外からはだいぶ離れた場所にある、墓地だった。人間があまりこないという意味で、墓地は待ち合わせ場所に向いているともいえる。

空には雨雲が広がっており、今にも雨が降り出しそうだった。こんな天気の日にわざわざ、墓参りに出かける人間もいないのだろう。

オスカーは慣れた足取りで墓石の間を通り抜け、待ち合わせ場所へと向かった。

待ち合わせ場所に着くと、オスカーは軽くシルクハットを持ち上げる。

「やあ、久しぶり。元気にしてたかね？」

挨拶を終えると、どこからともなく紅茶の入ったポットとカップを取り出し、カップに熱々の紅茶を注いだ。

「君は砂糖はふたつだったな？　もちろん、ミルクもたっぷり用意してあるぞ」

オスカーが指を鳴らすと、ポチャンポチャン、と真っ白な角砂糖が湯気を立てているカップの中に落ちる。まるで魔法のようにあっという間に紅茶を淹《い》れ、ミルクティーの入ったカップを丁寧に彼女の前に置いた。

「今日はノアに手品を褒められたよ。覚えているか？　前に話した、人間の女の子だ。彼女はわたしの手品を見て、自分も挑戦してみたいと思ってくれたようだ」

話しながら、オスカーは自分の分の紅茶を口に運ぶ。

「不思議なものだな。君を楽しませるために始めた手品で、また人間の女の子を元気づけることができるなんて」

そうだろう？　と同意を求めるように、カップを持ち上げた。その飲みかけの紅茶の中に、ぽつりと雨粒が落ちてくる。

「おや、降り出した。これは傘を持ってきて正解だったなぁ！」

軽く手を振って自分のカップとソーサーを消してしまうと、オスカーは肘にかけていた傘を開いた。コウモリの羽のように真っ黒な傘を彼女に差しかけ、にこりと笑う。

「君と会う日は、雨が多い。初めて会った日も、こんな風にあたたかい雨だったな。うむ、実に懐かしい」

＊＊＊

雨の日はいい。

こうして傘を差してしまえば、それが人間なのか、異形のヒトなのか、すっぽりと覆って隠してくれる。

まだ異形のサーカスに入る前のこと、オスカーは雨が降ると傘を差して人間の町をぶらぶらと散歩するのが趣味だった。顔が見えないというだけで、人間はオスカーを同じ人間だと勝手に勘違いし、中には物を売ろうと声をかけてくる者までいた。

向こうから声をかけてきたというのに、顔が見えた途端、悲鳴をあげて彼らは逃げる。まったく失礼にもほどがある。

噂になっても困るので、それからは話しかけられても顔は出さずに返事をするようにしている。人間のフリもだいぶ板に付いてきたし、この分ならカフェのオープンテラスでお茶をできるようになる日も遠くないだろう。もっとも、雨の日にテラス席で紅茶を飲む紳士がいれば、の話だが。

今日はいつもより足を伸ばしてみようと、少し大きな通りに出た時、突然激しいブレーキ音が聞こえた。

「馬鹿野郎！　気をつけろ！」

運転手は車から降りもしないで窓から叫び、また派手にタイヤを道路に擦りつけてから走り去った。その車が立ち去った場所に、初老の女性が胸に手を当てて座り込んでいるのが見えた。驚いて腰を抜かしてしまったのだろう。少し離れた場所に、上品な紫色の傘が転がっていた。

通りを歩いていた人間たちは、ほんの一瞬、車と老婦人に意識を向けていたが、またすぐ忙しそうに歩き出す。オスカーはその人間の流れに逆らって進み、老婦人の前に膝をついた。

「大丈夫かね、お嬢さん。さあ、お手をどうぞ」

以前の失敗を生かし、オスカーは傘を差したまま話しかける。けれど、老婦人に差し出したその手は、隠しようもなく異形のヒトのもので。

「おっと、いけない」

慌てて手を引っ込めようとしたが、その手をしっかりと掴まれる。

「ありがとう、やさしいのね。でも、お嬢さんは少し照れてしまうわ」

老婦人はオスカーの体温のない手を握ったまま、傘の中を覗き込む。オスカーと目が合っても驚いたりせず、にこりと微笑んだ。

自分の顔を見ても逃げ出さない人間がいる。

その事実に驚きながら、オスカーは老婦人が立つのをやさしく手伝ってやった。

驚きが顔に出ていたのか、老婦人はオスカーを見上げて小さく笑う。

「わたしの生まれ故郷はとても田舎でね、そこにはまだ妖精と呼ばれる存在がたくさんいたの。小さい頃はよく一緒に遊んだりもしたのよ。だからかしら？　あなたたちのようなヒトに出会うと、懐かしいような気さえしてしまうの」

「ふむ、そういうことか」

妖精と異形のヒトは根本的には違う存在ではあるが、人間からすればとても近しいものに思えるのだろう。

「それにしても、酷い運転の人間もいるものだな」

「そうね。都会では何もかもが忙しなくて、わたしみたいなおばあちゃんはついていくのがやっと。ああ、ついていけなかったから、転んでしまったんだったわ」

ふふふ、と笑う老婦人はとてもチャーミングで、オスカーはすでにこのかわいらしい老婦人に好感を抱いていた。

老婦人が足を挫《くじ》いてしまっているとわかった時には、車の運転手を見つけ出してとっちめてやろうかと思ったほどだ。

「家まで送っていこう。その足では、ひとりで歩くのは難しいだろう」

「あらあら、ご親切にありがとう。でもね、うちはここからとても遠い場所にあるの。バスに乗らないと、帰るのはちょっと難しいわね」

「うーむ、バスか。わたしは傘をしまうことができないからなぁ」

「気持ちだけでもとてもうれしいわ。そうだ。親切にしていただいたお礼に、今度うちに遊びにいらっしゃい」

オスカーが何か言うよりも先に、老婦人はそのつぶらな瞳をきらきらと輝かせる。

「紅茶はお好き？」

「うむ。紅茶は紳士の嗜みのひとつだからな。毎日いただくよ」

「それはよかった。うちにね、とびっきりの茶葉があるの。ひとりでいただくのももったいないし、誰かと飲みたいと思っていたからちょうどいいわ」

「しかし……」

「ぜひ、遊びに来てちょうだい。気ままなひとり暮らしだから、お客様は大歓迎」

老婦人の押しの強さに負けて、最後にはオスカーも頷いていた。

数日後、雨の日を待って、オスカーは老婦人の家を訪れた。

言っていた通り、彼女の家は町の中心部から随分と離れた場所にあり、傘を差していなくても人間と擦れ違う心配もなさそうなほど、人気のない緑豊かな田園地帯に建っていた。

彼女の雰囲気によく似合うかわいらしい家で、庭には色とりどりの花が咲いている。手入れの行き届いたその庭を見ていると、本当に自分が来てよかったのだろうかとちょっと不安になった。ここはあまりにもやさしい雰囲気に満ちていて、異形のヒトとはかけ離れた場所に思えて。

ノックをしようか迷っているオスカーの前で、ドアが勝手に内側から開いた。

「まあまあ、あなただったのね。よくきてくれたわ。さあ、中へどうぞ」

傘の下からオスカーを見上げ、老婦人は柔らかい笑みを浮かべる。

その笑顔だけで、歓迎されているのは十分過ぎるほどに伝わってきた。

老婦人はオスカーに一番立派な椅子を勧めると、自分はすぐにキッチンに向かう。

「ちょうどいいタイミングだったわ。美味しいお茶菓子があるの」

元気そうにしているけれど、オスカーは気づいていた。彼女は片足を引きずっている。それは、先日車と接触しそうになって転んだ時に、挫いた足だった。

オスカーが彼女の足を見ているのに気づいたのか、少し困ったように微笑む。

「……歳を取ると駄目ね。ちょっとの怪我が、なかなか治らなくて」

「病院には行ったのかね？」

「ええ、もちろん。でも、こればっかりはどうしようもないんですって。骨が脆くなってしまっていたのね」

お湯が沸いた音に、よいしょ、と彼女が立ち上がる。それを、オスカーは片手を上げて止めた。

「座っていてくれたまえ。わたしが淹れよう」

「あら、そんな。お客様にお茶を淹れさせることなんてできないわ」

「うーむ。だが、その足であまり歩き回らないほうがいい。……そうだな。客だと気を使うというなら、友人だったらどうだろう？」

「……お友達？」

「うむ。友人ならば、遠慮することもなかろう？」

彼女は二、三回瞬きをしてから、軽やかな声を立てて笑った。

「ええ、そうね。お友達なら、遠慮はいらないわね。それじゃあ、お茶を淹れてもらおうかしら？　ええと……」

「オスカーだ」

「オスカー。わたしはマリア。茶葉は右の黒い缶の物を使ってちょうだい」

マリアがパチリ、とウィンクをする。少女のようなその仕草に、オスカーも調子を合わせて大げさにお辞儀をした。

「仰せのままに、マリア」

マリアはとても話し上手で、何時間一緒にいても話が尽きるということがなかった。家が町から離れていたことも、オスカーが家を訪ねる足を軽くしていた。

初めは雨の日だけ。段々と曇りの日も訪れるようになり、最近はほぼ毎日のようにマリアに会いにいっている。

「やあ、マリア。ご機嫌いかがかね？」

オスカーが訪ねていくと、マリアはいつも笑顔で迎え入れてくれた。

「ええ、もちろんとってもご機嫌。あなたはどう？」

「もちろん、わたしも絶好調だ。さあ、お茶を淹れよう」

「ありがとう。最近じゃ、すっかりあなたのほうがお茶を淹れるのが上手になってしまったわね」

「マフィンを焼くのは、まだまだマリアのほうが上手いじゃないか」

「あら、お菓子作りまで負けるわけにはいかないわ。これでも女の意地は残ってますからね」

わざとツンとした表情をするのに、笑ってしまう。つられてマリアも笑ったが、数歩歩いたところで「あ……」と棚に手をついた。

「大丈夫かね？」

「え、ええ、大丈夫。少し滑ってしまったのかしらね」

なんでもないようなフリをしていたけれど、マリアは無意識に痛む足に手を当てている。

あの怪我をして以来、マリアの足は悪くなる一方だった。

「そろそろ杖を用意しなくては駄目ね」

「……そうか。この辺りは道が舗装されていないから、歩きづらそうだな」

「そうなの。自然がたくさんあるのは素敵なのだけど……」

ふう、と小さくため息をつくマリアの前に、淹れたての紅茶を置く。

「まあ、いい香り。いただきます」

マリアがひと口飲んだのを見てから、オスカーもカップに口をつける。

マリアの家にはいつも良い茶葉が揃えてあり、どれを使っても香り豊かな素晴らしい味が楽しめた。

「散歩をしたいなら、わたしが一緒に行こう！」

「ふふ、オスカーはとても紳士ね。ありがとう。でも、散歩はしばらくお預けね」

やはりまだ痛むのか、そっと瞳を伏せて足をさする。

「……そうか」

年老いた女性ひとりの生活で、足を痛めるということがどれほど大変なことか、オスカーには理解が及ばない。けれど、不便であろうことだけはわかった。

「わたしにできることがあれば、遠慮なく言ってほしい。友人に遠慮は無用だ！」

「ふふ。ええ、そうするわ」

遠慮しないと言いながらも、その日もマリアは使った食器は自分で洗い、その場でいいと言うオスカーをきっちり庭先まで見送ってくれた。

押しは強くとも、慎ましい女性なのだ。

せめて、何かマリアを楽しませることはできないだろうか。

オスカーは帰り道をのんびり歩きながら頭を悩ませていた。その日は雨だったので、傘を差してそのまま人間の町に出向き、歩きながら考え続けた。

散歩ができないマリアの代わりに、絵を描いて贈ったらどうだろう……と考えたが、残念ながらオスカーはあまり画力に自信がない。

それなら美味しい食べ物をお土産に持参すれば……とも考えたが、野菜も果物も、マリアの家の近くの畑で採れたもののほうが、町で買ったものよりずっと美味しかった。

最近では、彼女が畑に出ることが難しくなっていたので、オスカーが代わりに収穫していたけれど。

それならそれなら……と頭を悩ませていると、わっという歓声と拍手が聞こえてきた。音がしたほうへ、自然と足が向く。

「さあさあ、よく見ておくれよ！　このコイン。表も裏もごく普通のコインだ。そこのお嬢ちゃん、ちょっと触ってごらん」

「うん！」

「どうだい？　何か変わったところはあったかい？」

「ううん。なんにも！　普通のコインよ」

「そうだろう？　それじゃあ、そのコインをこの帽子の中に入れて？」

中央に立った男が持つ帽子の中に、少女が銀貨を入れた。そこに男は白いハンカチを被せ、怪しい呪文を唱える。

「アブラ〜カタブ〜ラ〜、ほい！」

男がハンカチを取り去るのと同時に、白いウサギが帽子から顔を出した。

「うさちゃん！」

少女のうれしそうな声に、いくつもの拍手が重なる。

小雨が降っている中だというのに、集まっている人々はその場を立ち去ろうとしない。次はどんな手品を見せてくれるのかと、期待に目を輝かせて待っている。

その楽しそうな様子を見て、これだ！　とピンときた。

手品を、マリアに見せてあげよう。

手品なら家の中でも楽しめるし、笑顔にしてあげられる。

この時から、オスカーの猛特訓の日々が始まった。


マリアの家の庭にあるテラスのテーブルで、オスカーは真剣な顔をしていた。マリアも負けじと真剣な顔で、オスカーの手元にある小さなシルクハットを見つめている。

「さあ、マリア、よく見てて。このコインを帽子の中に入れて、三つ数えると……」

シルクハットの中に銀貨を入れ、ハンカチを被せた。

「ワン、ツー、スリー……！」

パッとハンカチを取るのと同時に、ハンカチと一緒に摘まんだはずのコインが床に落ち、帽子から飛び出すはずのウサギが足元を駆けていく。

「あらあら！」

笑いながらも、マリアが大きく手を打った。拍手はうれしいけれど、成功とはほど遠いその芸に、マリアの拍手は少し大げさだ。

「あ！　待つんだ！　どこに行く！」

ウサギを追いかけて走り回るオスカーを、マリアは楽しそうに眺めていた。

「おかしいなぁ。帽子から出てくるはずだったんだが……」

ようやくウサギを捕まえて、カゴに戻す。マリアはそのウサギにあげる野菜を手に、にこにこと微笑んでいた。

「でもすごいわ。ちゃんとウサギは出てきたもの」

「足元からだぞ？　帽子から出てくれないと、困るじゃないか」

「そうねえ。もしかしたら、このウサギにはあなたの帽子が小さすぎるんじゃないかしら？」

「はっ！　なるほど、それはあるかもしれないな！　さすがはマリアだ」

ふふ、と笑ったマリアがふいに小さく咳き込んだ。

「……大丈夫か？」

「ええ、ごめんなさいね。昨日、薄着で過ごしてしまったからかしら」

なんでもないことのように言うけれど、ここのところよく咳をしている。風邪というには少し、長すぎた。

「わたしを気にせず、横になるといい」

「でも、せっかく来てくれたのに寝てしまうなんて勿体ないわ」

「何、またすぐ来るよ。さあ、寝室まで腕に掴まって」

差し出した手に、マリアがそっと掴まる。その軽さに、オスカーは胸がざわつくような思いがした。


すぐ訪れると言ったけれど、翌日は生憎と用事がありマリアの家を訪ねることができなかった。人間たちが収穫祭という祭をしていて、出歩けなかったのだ。

結局、三日ほどしてからマリアの家を訪ねた。しかしノックをしても彼女が顔を出すことはなく、心配になって庭へと回る。

庭に面した掃きだし窓から覗くと、マリアは長椅子に横たわって眠っているようだった。元々色白な人ではあるが、その顔色は透き通るように白い。

コン、と軽く窓を叩くと、マリアがゆっくりと瞳を開けた。そのことに、何故か必要以上にほっとした。

マリアは手振りで窓を開けるように指し示す。窓には鍵がかかっておらず、手をかけるだけで開いた。

「やあ、マリア」

「こんな姿勢でごめんなさいね」

「気にしなくていい。……お茶を淹れよう」

マリアに断ってからキッチンに立ち、紅茶を淹れる。マリアのカップには角砂糖をふたつに、ミルクをたっぷり。

「さあ、どうぞ」

「ありがとう」

長椅子から背を起こすのに手を貸した。

マリアはいつも以上にゆっくりした所作でカップを手に取り、ひと口だけ飲んですぐにテーブルに戻す。美味しくなかっただろうかとオスカーも飲んでみたが、良い味だった。

そういえば今は昼時だが、キッチンは火を使った様子がなかった。マリアはまだ昼食をとっていないのだろうか。しかしそれを言ったら先日も、と思い出そうとしていると「オスカー」と名を呼ばれた。

「ん？　どうしたんだ？」

「手品は上達した？」

町で見かけた少女のように、マリアは期待に瞳を輝かせている。これに応えないわけにはいかない。

では早速、とウサギを出してみようかと思ったが、いいことを思いついた。

「それじゃあ、マリア。この帽子をよく見ていて」

パチン！　と指を鳴らす。すると、帽子の中からリンゴが現れた。

「まあ、すごい！　真っ赤で美味しそうなリンゴだこと」

マリアは惜しみない拍手を贈ってくれる。けれど、オスカーが出したかったのはリンゴではなかった。

「ううん、おかしいな。君の好きなあの花を出そうと思ったんだが……」

あの、と庭先に今も咲いている紫色の花を振り返る。

「あら……」

「もう一回やってみよう」

しかし、何度試しても花を出すことはできなかった。

「リンゴは上手くいくのに、どうして花は出せないんだろう」

テーブルの上は、真っ赤なリンゴでいっぱいになっている。マリアに果物ナイフを渡すと、いそいそとリンゴをカットし始めた。半分に割られたリンゴは、蜜がたっぷりと入っていて美味しそうだ。その皮を丁寧に剥いてから、マリアはリンゴの乗った皿をオスカーの前に置いた。

「ねえ、オスカー。あなた、お花をちゃんと見たことはある？」

「それはもちろん。今も庭に咲いている花を見ているぞ」

「ええ、そうね。見えてはいるけど、もっと近くで、それこそ、手で触れてみたことはあるかしら？」

「手で？　いや、それはない。触れたら壊してしまいそうだからな」

この手は器用に動かせるとはいえ、花のように小さいものは潰してしまいそうで、触れるのを躊躇《ためら》ってしまう。目で見て愛《め》でるだけで十分だと、思っていた。

「きっと、それが原因ね」

「原因？」

「触れたことがないから、上手く思い描けないのだと思うわ。よかったら、うちの庭に咲いている桔梗《ききょう》を使ってちょうだい」

マリアは杖を使ってゆっくりと庭に降りる。危なげなその足取りに不安を覚え、すぐに手を取って支えた。マリアは感謝の言葉の代わりに微笑を浮かべ、たくさん咲いている花の中から紫色の慎ましい花を一本手折る。それをオスカーへと差し出した。

「さあ、どうぞ。この花に触れて、練習してみるといいわ。この花を出せるようになったら、今度は一緒に育ててみましょうよ」

「……うむ。ありがとう」

摘まれたばかりの花は、雨のような香りがする。瑞々しいそれを潰してしまわないよう、そっと受け取った。

マリアにもらった桔梗の花は、五日で枯《か》れてしまった。

コップの水を毎日変えてやっていたが、気温が高くなってきていたこともあり、徐々に萎れてついには枯れた。

桔梗の世話をする間、オスカーは毎日花を出す手品の練習に精を出した。マリアの家には行けなかったが、おかげで特訓の成果にはかなりの自信がある。

さっそくマリアに披露しようと外に出たら、雨が降っていた。

真っ黒な大きな傘を差し、マリアの家へ向かう。

「やあ、マリア。今日はとっておきの手品を用意してきたよ」

自信満々なオスカーに、マリアは微笑を浮かべた。

「まあ、それは楽しみね」

今日もマリアは、庭の見えるリビングの長椅子の上で横になっている。

マリアが望むので、窓を少し開けた。外は雨が降っていて、花の香りではなく濡れた土の臭いがしている。雨粒が花弁を濡らしていくのを、ふたりでしばらく見つめていた。

「……冷えないか？」

「大丈夫よ。雨が降っていると、あなたと出会った時のことを思い出すわ」

「そうだな」

いつもなら、ここで紅茶を淹れるところだっただろう。けれどこの日は、どちらも言い出さなかった。雨の降る、ゆったりとした時間を、少しでもマリアと過ごしていたかった。

「それじゃあ、手品を披露するとしようか」

「ええ、お願い」

ひとりきりの観客の前で、オスカーは丁寧にお辞儀をする。

「いいかね？　今から君に、最高の花をプレゼントしてみせるよ」

「ええ」

「いくぞ！」

大きく深呼吸をし、気合いを入れてパチン！　と指を鳴らした。

けれど、一向に花が現れない。

「あ、あれっ？　おかしいぞ……練習では上手くいったのに。もう一回……」

パチン、パチンといくらやり直しても、やっぱり花は出てこなかった。

「いや、絶対にできるはずだ！　君にもらった花を毎日見てたのだからな！」

全神経を指先に集中し、これ以上ないくらい丁寧に、指を鳴らす。

パチン、と乾いた音が鳴るのと同時に、雨の香りを連れて紫色の愛らしい花が手の中に現れた。

「や、やった！　できたぞ！　マリア、どうだね！　君の大好きな桔梗だよ！」

大いにはしゃいで、桔梗をマリアへと差し出す。けれど、一向に拍手は聞こえてこない。

「……マリア？」

マリアは口元に微笑みを浮かべたまま、静かに眠っていた。

＊＊＊

サァサァと降る雨の中、オスカーはパチン、と指を鳴らした。

手の中に、先ほどはなかったはずの愛らしい紫色の花が現れる。

「この花は、君によく似合うな」

その花を、傘を傾けていた墓石の前にそっと置いた。

「今日はこの辺でお暇しよう。また来るよ。それじゃあ……おやすみ、マリア」

桔梗の供えられた墓には、『マリア・アズベル　友の心の中に眠る』と刻まれている。

第八章

賢人Ｍｒ．マッシュ

Lost Heart and Strange Circus

夜、ふいに音という音が消える瞬間が訪れる時がある。

真夜中といえど、普通に生活をしていれば音が完全に消えることはまずない。時計の音、隙間から吹き込む風の音、虫の声といった小さな音たちが絶えず鳴り続けているはずだからだ。それなのに、その瞬間だけはすべてが消える。

その時は静かになったと気づくのではなく、やけに自分の心臓の鼓動《こどう》をうるさく感じる。そして、それがうるさいのではなく、辺りが静まり返っているのだと知る。

気づいてしまうとすぐに音が戻ってくるので、その正体がなんなのかは判然としない。

だが、わしはそれを……闇の訪れだと考えている。

その闇がいつ、どこに発生するのか予測できれば、もう少し闇についての研究が進むのだが……と筆を走らせていると、ノックの音が聞こえた。

「……開いているよ」

静かにドアが開き、顔を覗かせたのはノアだった。

夜中に珍しい客が来たものだと思ったが、ノアの腕の中に孫たちの姿があるのを見て納得する。

「遊び疲れて眠ってしまったか……。わざわざ送ってもらってすまなかったな」

「ううん。カラもカブラも、とても軽いから大丈夫」

ノアから孫たちを引き受け、ひとまずソファに寝かせた。ふたりともよく眠っており、移動させてもぴくりとも目を覚まさない。口元には笑みが浮かんだままで、よほどノアとの遊びが楽しかったのだと知れた。

「お礼に、特製のお茶を淹れよう」

人間の子供が飲んでも問題のなさそうな薬草の粉末を選び、香り付けにドライフラワーをひとつ、分厚いガラス製のカップに入れる。そこに湯を注ぐと、湯の中で黄色い花が鮮やかに広がった。

「さあ、できた。熱いから気をつけてお飲み」

ノアは大きな目を瞬かせて花を見つめてから、わずかに唇に笑みを乗せる。まだ笑顔を見せる機会は少ないが、このサーカスにやってきた時よりもずっと、柔らかい表情をするようになった。

「……ありがとう。とても、きれい」

「このお茶は舌、鼻、目と三つの感覚を楽しませてくれる優れものだ。夜に飲むと、寝つきもよくなる」

「Ｍｒ．マッシュはなんでもできるのね」

「それは買い被りというものだ。みんなより長く生きている分、知っていることが多いというだけだよ」

「……そうかな」

湯気の上がるカップに息を吹きかけながら、ノアは物珍しそうに部屋の中を見回していた。

壁一面を本棚にしているせいで本だけは多いが、子供が喜びそうなものは何もない。孫たちにもそれでよく、「じじはもっと面白い本を読んで」となじられる。わしからすれば、この部屋にある本はどれも非常に興味深いものばかりなのだが。

「……ここにある本は、どうして闇についての本ばかりなの？」

「おや……」

これには素直に驚いた。どうやらノアは、異形たちの使う文字が読めるらしい。

「いつの間にこの文字を読めるようになったのかね」

「あ……オッドマンが、教えてくれたの。まだ、スラスラは読めないけど……」

「ほう、大した進歩だ。ノアは頭がいいのだな」

「！　そんなこと、ないと思う……。背表紙だけなのに、読めない字もあるから」

褒めたつもりだったのだが、ノアは困惑したように視線を泳がせた。

どうも、この子は褒められることに慣れていないらしい。だがそれも、この異形のサーカスにやって来ることになった経緯を考えると、仕方のないことだろう。

「ここにある本は専門書がほとんどだからな。読めなくても、むしろ当然だろう」

「……そうなの？」

ノアは明らかに安堵した様子で顔を上げた。この子には、もう少し自信を持たせてやる必要もありそうだ。

「知らないことを恥じる必要はない。知らないと正直に言えるほうが、何事も上達が早いというものだ」

「……Ｍｒ．マッシュにも、知らないことはある？」

「ああ、もちろんだとも。わしも知らないことはたくさんある。この部屋に山のように闇についての本があるのも、闇について知らないことが多いからだ」

ノアはもう一度部屋の中を見回し、首を傾げた。

「あなたはどうして、こんなに闇のことを知ろうとしてるの？」

問いかけてくる瞳には、興味というよりは純粋な疑問が浮かんでいる。

闇――それは、なんの前触れもなしに訪れる。無尽蔵《むじんぞう》に広がるその空間に足を踏み入れたら最後、二度と外には出られず囚われてしまうと言われている。

実際に、闇に呑まれたとされて戻って来た者はごく一部の例外を除いていなかった。そのうちのひとりはノアなのだが、おそらくこの子自身はそれがどんなに幸運なことか正しく理解してはいないだろう。

「……どうして、か。一番初めに闇の研究を始めた理由は、あまりに遠い昔のことすぎて忘れてしまったな……」

「今は、理由があるの……？」

「…………」

この子は、おっとりしているようでいて、話の本質を見抜くのが上手い。勘が良いというのとはまた違う。おそらく、相手の感情の機微《きび》に敏感なのだろう。

わしは自分の分も特製のお茶を淹れてから、リクライニングチェアに深く腰を落ち着けた。

「……そうだな。今も闇の研究を続けているのには、理由がある」

孫たちの眠るソファに視線をやり、その穏やかな寝顔に鈍い痛みを覚えた。この胸の痛みにも、随分と慣れてしまった。

「ノア。このお茶を飲み終えるまで、少しわしの昔話に付き合ってはくれないか」

「……うん。聞かせて」

こんな風に、誰かに昔のことを話すことになるとは。それも、人間の子供相手に。

長く生きていると不思議なことがあるものだと思いながら、わしは古い記憶を思い起こしていった。

＊＊＊

どうして闇はできるのか。

闇から逃れる術はないのか。

一度闇に呑まれてしまったらどうなるのか。

毎日毎日、わしらは闇についてああでもない、こうでもないと議論を交わしながら研究を進めていた。

「でも父さん、闇は前や後ろにできるとは限らないんじゃないかしら」

「ふむ。つまりお前は、足元に闇が訪れた時は逃げようがない。そう言いたいのだな？」

「ええ、そう。鳥みたいに飛べる異形のヒトは、別だけど」

「しかしそれなら、水の中などはどうなる」

「そうね……。水の中なら重力の問題は回避できる。でも、闇はその場に留まってはくれないから、進行速度によってはやっぱり逃げられないと思うわ」

娘のツクリは幼い頃からわしの研究室を遊び場にするような子供で、好奇心が非常に旺盛《おうせい》だった。大人になった今では、わしの右腕として闇の研究に没頭している。下手をすると、わしと対等に渡り合うほどの見解を見せることもあり、おかげでわしも研究に気を抜けない日々を送っていた。

そんな研究ひと筋の娘が、それこそなんの前触れもなしに結婚相手を連れてきた時には驚いたものだ。

「父さん、私このヒトと結婚します」

紹介も何もない、いきなりの結婚宣言に、わしよりもツクリの隣にいる将来の息子のほうがよほど驚いた顔をしていた。

「その……よろしくお願いします」

ツクリが選んだ相手は、当然というべきか学者だった。名をニタリという。

気の強いツクリをやさしく包み込んでくれるような、穏やかな男だった。

専門は医学だと言っていたが、気がつけばニタリもわしの研究室に出入りするようになり、三人で闇の研究をし始めるのにそう日はかからなかった。

優秀な助手が増えたと喜んでいたのも束の間、今度は孫の誕生だ。双子の孫はカラとカブラと名付けた。そう、わしが名付け親だ。

孫が生まれて少しはツクリも研究から離れるかと思いきや、その読みは完全に外れた。

幸い、孫たちは手間のかからない赤子で、ツクリとニタリはそれぞれ背に子供を背負った状態で研究を続けた。なんとも奇妙な光景ではあったが、わしにも覚えがあるだけに文句を言えるはずもない。

しかし、いくら手がかからないとは言え、赤子は赤子。

家の中は娘とふたりきりだった時とは比べものにならないほど、賑やかになった。

カラが悪戯をすればツクリが叱り、何故かカブラが泣きだしそれをニタリがあやす。ふたりが孫につきっきりの時は、わしが率先して食事を作った。これでも、家事には自信がある。

子育てと並行しての研究の日々は、それこそ目が回るほど忙しいものだった。けれど、娘と息子、孫たちがいるからこそ、あの日々を乗り越えられたとも言えよう。

だが、その幸せはそう長くは続かなかった。

その日は、いつもは寝つきのいいカラがやけにぐずり、なかなか寝ようとしなかった。カブラもカラの癇癪が移ったように、激しく泣き出す始末で。

わしが孫の世話をしてツクリの帰宅を待っていたのだが、遅くなると言っていたニタリのほうが帰宅をしても、娘はまだ戻らなかった。

――虫の知らせというのだろうか。

何かとてつもなく嫌な予感がして、わしは孫をニタリに任せてすぐに研究室に向かった。

そして、その予感は当たってしまったのだ。

『父さんへ
ついにわかったかもしれません。
検証が必要なことなので、試してみようと思います。
私が戻るまで、夫と一緒に子供たちのことをよろしくお願いします。

ツクリより』

机の上に置かれていた書き置きを見た時、わしは初めて、自分の研究を、歩んできた人生を、悔やんだ。

ツクリは家族思いのやさしい娘だ。わしが闇をただの研究材料として見ていたのに対し、あれは闇を、災厄のひとつと捉え必死に対抗策を探していた。現実的に、自分の大切な者に被害が及ぶのを怖れていた。

それが、裏目に出てしまったのだ。

わしはすぐに研究室の近くで闇が発生した場所はないかを調べ、小一時間前に闇を見たという目撃情報を得て現場へ急いだ。

わしが現場に到着した時には、すでに闇は消失したあとだった。

もちろん、ツクリを見た者がいないか手当たり次第聞いて回った。だが、誰が闇が発生した場所で他人のことを気にかけてなどいられる？

自分が闇から逃れるのが精一杯だったと言われれば、それを責めることはできない。

もしかしたら、娘は闇になど行っておらず、すでに帰宅しているかもしれない。そんな淡い望みを胸に家に帰ったが、現実はそんなに甘くはない。

ツクリのことを話すとニタリは青ざめて震え、声を張り上げた。

「あなたの、せいじゃないのか!?　あなたが闇の研究なんてしていたから、妻は闇に魅入られてしまったんだ！」

人生で一度も怒鳴ったことがないような男の怒号に、わしは何も言い返せなかった。

だが、ニタリが外に飛び出そうとした時に、ひと事だけ言えたことがある。

「ニタリ。ツクリを追うのは止めん。だが、カラとカブラは置いていきなさい」

ニタリは……息子は、わしを憎しみの籠もった目で睨んだあと、腕に抱いていた孫たちを置いてから家を出て行った。

その夜、孫たちは涙が涸《か》れ果てるまで泣き続けた。

娘と息子を一度に失ってもなお、わしは闇の研究をやめなかった。むしろ、以前よりものめり込むようになっていった。

闇の謎を解明できさえすれば、娘たちを取り戻すことができる。

孫たちの両親を失わせたままにはしておけない。

その気持ちが、わしを研究に駆り立てた。

なんでもいい。どんな些細《ささい》なことでもいい。

闇についての情報を掻き集めていると、ある日、こんな噂に行き着いた。

――闇の中に人間を引きずり込む異形のヒトが存在する。

初めはまさかと信じなかったが、裏の街で人間の女を闇に引きずり込んだのだと話す異形のヒトに実際に話を聞き、根も葉もない噂ではないのだと思うようになった。

わしは、すぐにその噂の異形のヒトを探した。人間を闇に引きずり込むような人物だ。危険は承知の上で、探し回った。

誰かを闇に引きずり込めるということは、自分自身は闇に入っても戻ってこられるということだからだ。

自らの意思で闇に入り、闇から戻れる者がもしいるとするならば、それが蛇だろうと鬼だろうとかまわなかった。

どうにかこうにかその人物を見つけた時は、正直喜びで抱擁でもしたいくらいの気持ちだった。それほど、探し求めていた。

これで、娘夫婦を取り戻せるかもしれない。

わしは期待に胸を膨らませていた。わしの命を取られることになってもいい。孫たちに両親を帰してやりたい一心で、闇に棲むというその異形――オッドマンに接触を図った。

初めてその姿を見た時、妙に納得したのを覚えている。

オッドマンは、闇そのもののように黒いローブを身に纏っていた。長い嘴を持った仮面の目は昏く、その中にこそ闇があるのではとすら思った。

当然、例の噂のことは伏せたまま、わしは闇について教えてほしいと頼んだ。

「君は闇に呑まれても帰ってこられると聞いた。もしそれが本当なら、闇について教えてほしい」

「……ああ、闇からの帰り道なら知ってるよ。でも、闇のすべてを知ってるわけじゃない」

「だが、闇の中で動けるのだろう？　それはどうやっているのかね」

「どうと言われても……僕にとってはそれが当たり前のことだからね。僕からすれば、人間や他の異形の者たちがどうして闇の中で身動きが取れなくなるのかのほうが不思議だよ」

「体質のようなものなのかもしれないな……。では聞くが、すでに闇に呑まれた者を探すことは可能なのだろうか……？」

「……それは闇の深さによるね」

「待ってくれ。闇には深さの違いがあるのか？」

「深さと言うとわかりづらいなら、闇に呑まれてからの時間の長さと言い換えてもいい」

時間経過――。

一番たどり着きたくない結論に行き着きそうで、わしは逃げ出さないようにするので精一杯だった。

「闇に呑まれてすぐなら、比較的浅い場所にいるから見つけることができる。でも、時間が経つにつれて闇に取り込まれていくから……」

オッドマンはわしが黙り込んでいることに気づき、途中で言葉を止めた。それはまるでわしを気遣っているかのようで、意外だった。何せ、人間を闇に引きずり込んだという噂のある男だ。同情なんてする心を持ち合わせていないだろうと勝手に思っていた。

だが、気にかけてもらえるなら、それにつけ込まない手はない。

「……君に頼みがある」

「なんだい？」

「わしはもう、随分と長い間闇について研究している。だが、その謎は一向に解明できていない。できる範囲でいい。……わしの研究に協力してはもらえないだろうか」

頭を下げたわしを、オッドマンは虚《うろ》のような目で見つめていた。

九割は断られることを覚悟していたが、予想に反してオッドマンは了承してくれた。ただし、交換条件をつけて。

「僕は今、異形の者たちと共に、サーカスを開いている」

「異形の者たちと……？　しかし一体誰がそれを見るというのだ。まさか人間ではあるまい」

「客人が来る」

「客人……あの、喜ばせると幸せを呼ぶという、謎の多い者たちか」

「そのサーカスではまだ団員を募集していてね。研究をしながらでもかまわないから、そのサーカスに君も入ってほしい。そうしたら、僕もできる限り君の研究に協力しよう」

＊＊＊

カップを傾けると、ちょうど最後のひと口だった。

「そうして、わしはこのサーカスの一員となり、今も闇の研究を続けているというわけだ。幸い、例の噂についても、ノアのおかげで本当のことがわかった。だから今は、遠慮なくオッドマンに協力してもらっているよ」

これで話が終いだと伝わったのか、ノアがほう、と小さく吐息をつく。手元のカップは少し前に空になっていた。

「すっかり話が長くなってしまったな。付き合ってくれて、ありがとう」

「ううん。わたしが聞きたかったから。……話してくれて、ありがとう」

感情を表に出すことはまだまだ苦手のようだったが、この子は本当にいい子だ。相手を思いやる気持ちを、しっかりと持っている。

「さあ、今日はもうおやすみ。部屋まで送ろう」

「ひとりで帰れるから、大丈夫」

ノアは孫たちを起こさないように、静かに席を立った。すぐに部屋を出ていくつもりだと思っていたのだが、何故か立ち上がったきりわしの顔を見つめている。

物言いたげな表情なのでそのまま待っていると、

「……ツクリさんとニタリさんが、早く戻ってくるといいな」

ようやく言うべき言葉を見つけたかのように、ぽつりと言った。

それは、ふたりが闇から戻ってくると信じて疑わない言葉で、わし自身が忘れかけていたものだった。

「帰ってきたら、紹介してね」

「……ああ、もちろん。きっと、ふたりともノアのことを気にいるだろう」

「そうだったら、うれしい」

笑顔というにはあまりに控えめな表情を見せてから、ノアは部屋を出ていった。

「……ちゃんと紹介するためにも、ふたりには帰ってきてもらわないと困るな」

心地よさげに寝息を立てている孫たちを見つめ、頬が自然と緩む。

「さて、研究を続けるとしようか」

何かが解決したわけではない。けれど、暗く深い闇の中にひと筋の光を見つけたような不思議な高揚感が、わしの胸を満たしていた。

第九章

火噴きのダイゴ

Lost Heart and Strange Circus

異形のサーカスの裏手、森に面した場所で薪《まき》を割る小気味良い音が響いていた。一定のリズムを崩さず聞こえてくるその音に、動物たちが不思議がって森の中から顔を覗かせている。

台の周りに小さく割った薪がたまってくると、ダイゴは手にしていた斧を切り株に突き立ててからそれらを拾い、近くにバランスよく積み上げた。慣れたもので、かなり手際がいい。

ちょうどその横を通りかかったジャスミンが、ダイゴに気づいて足を止めた。

「あ……」

思わず漏れたといった声に、ダイゴが顔を向ける。

しっかりと目が合っているのにどちらも口を開かないので、奇妙な沈黙が落ちた。ジャスミンはどこか深刻そうな顔をしている。

「……どうした」

ジャスミンから話しかけてこないのは珍しい。悩み事でもあるのかと、ダイゴはできるだけ気遣うような口調で沈黙を破った。

それでも、ジャスミンは視線を手元に落として悩む仕草を見せている。けれどしばらくすると、大げさにため息をついてから凜と顔を上げた。

「黙っておくのも気持ち悪いから、言っておくわ」

「……？」

「この間、アンジェレッタからあんたとの馴れ初めを聞いたの。その……ちょっとだけ気になってたから」

よほど言いにくい話なのかと身構えただけに、拍子抜けした。

「そうか」

「そうかって……それだけ？」

「ああ」

「もっと、なんかないの？　照れて赤くな……っても、あんたの場合はわからないわね」

照れろと言われても、困る。言われて照れられるわけでもなければ、そもそも照れる理由がダイゴにはなかった。

ジャスミンは予想が外れたとばかりに、肩を竦める。

「あたしが気にしすぎただけだったみたい」

「……アンジェが自分から話したなら、オレがどうこう言う問題じゃないと思うが」

「まあ、そうなんだけど……。ちょっとくらい照れたり、動揺したりすると思ったのに」

今度は、ダイゴが肩を竦める番だった。

「恥ずかしくないからな」

「それって惚気《のろけ》？」

ジャスミンが何故かうれしそうな顔をする。だが、期待されていることとは違うだろうなと、首を横に振った。

「アンジェに出会ったのはオレがまだ人間だった頃らしいが、オレには今の存在になる前の記憶がない」

「え……。異形のヒトになる前のことは覚えてないの？」

そんなに珍しいだろうか。

黙って頷くと、ジャスミンは少し驚いた顔をしていたが、すぐに納得したように吐息をついた。

「そうだったのね。どうりで照れないはずだわ。でも、人間から異形のヒトになったダイゴでも、記憶がなかったりするのね」

「？」

「ほら、異形のヒトって、自分がどうやって生まれたのかを知らない場合は多いけど、あたしみたいに何かから変化したものは覚えてるんだと思ってたから」

「ああ……ジャスは人形から異形になったんだったな」

「そうよ。あたしは自分が作られてる時からの記憶があるの」

別にいい思い出じゃないけど、とジャスミンは足元に視線を落とす。

「ま、いいわ。聞いたってことを黙ってるのが気持ち悪かっただけだから」

「気がすんだか」

「そうね、うん。すっきりしたから、もう行くわ」

本当にすっきりした顔をして、ジャスミンは軽い足取りでサーカスのテントに戻っていった。

ダイゴ自身は何を話したわけでもなかったが、相手の気が済んだならそれでかまわない。

まだ残っている薪を割ってしまおうと、再び斧へと手を伸ばした。

だが、ひとり気の済まない者がいる。

ダイゴとジャスミンのやりとりを木陰からこっそり盗み聞きしていた、レベッカだ。

「もう！　てっきりロマンスが聞けると思ったのに〜」

レベッカは木の幹にしがみつくようにして、歯がみした。

実は、アンジェレッタがジャスミンにダイゴとの馴れ初めについて語っていた時も、レベッカは森の木陰で話を聞いていた。

その時は盗み聞きしようと思っていたわけではなく、たまたまシュガーと森の中で昼寝をしていたところに、アンジェレッタとジャスミンがあとからやってきたのだ。

目を覚ました時にはアンジェレッタがすでに話し始めており、動くに動けず盗み聞きする形となってしまったというわけだ。といっても、どうも恋の話だとわかったあとは、ひと言も聞き逃すまいと全力で耳をそばだてていたのだけれど。

そんな調子で恋人たちの切ない馴れ初めを聞いていたので、今回、ジャスミンとダイゴが対面しているのを見かけたレベッカの行動は素早かった。飢《う》えているのだ、甘い愛の物語に。

「覚えてないって、どういうことなの？　そんなの、盛り上がらないじゃない！」

そもそも、ダイゴが人間から異形のヒトになったきっかけがわからない。アンジェレッタだって、昔は海の中で生きる普通の人魚だったと話していた。そんなふたりがどうして、今のような異形へとその姿を変えたのか。

そこにはきっと、さらなるロマンスがあるはずなのだ。

ついつい前のめりになるレベッカのスカートを、下からシュガーが軽く噛んで引っ張った。あまり乗り出すとダイゴに見つかると言いたいのだろう。

「わかってるわ、シュガー。でも……やっぱり気になっちゃう！　ダイゴが覚えてないんなら、アンジェレッタから聞いちゃおうかしら？」

シュガーがゆっくりと首を横に振った。

「……ああ、そうよね。それだと、この間盗み聞きしてたのがバレちゃう……」

ぐい、とシュガーの鼻先で足を押され、手を打つ。

「その手があったわね。さすがシュガー、賢い！」

レベッカはシュガーの頭をひとしきり撫でると、スキップでもしそうな勢いで歩き出した。

サーカスのテントに戻ってきたレベッカは、シュガーの提案通り、まっすぐその部屋を訪れた。

ノックを三回。

「Mr．マッシュ、いるかしら？」

「ああ、どうぞ」

中から聞こえた返事に、静かにドアを押し開ける。

Mr．マッシュは座り心地の良さそうなリクライニングチェアに座り、大きな机に向かっていた。その机の上には、山のように本が積まれている。

「レベッカか。何か用事かね？」

Ｍｒ．マッシュが本の隙間から顔を覗かせた。

レベッカは床にも小山のように詰まれた書類を倒さないように間を縫って歩きながら、どうにかＭｒ．マッシュのいる机の前までたどり着く。一緒についてきたシュガーはレベッカよりもよほど器用に書類を避け、長椅子の足元にゆったりと身体を横たえた。

「ちょっと聞きたいことがあるんだけど、今忙しいかしら？」

「いや、そんなことはない。少しそこで待っていてくれ」

シュガーが寝そべっている近くの長椅子を指し示され、遠慮なくソファへと移動した。

何気なく辺りを見回し、相変わらずの本の多さに感心してしまう。異形のサーカスできちんと舞台に立っているのに研究も続けているなんて、Ｍｒ．マッシュはさすが賢人と言われるだけのことはあるなと思う。

そんなことを考えていると、Ｍｒ．マッシュがレベッカの前に鮮やかな色のお茶を置いてくれた。

「きれいな色」

「これくらいのもてなししか、できないがね」

「ううん。あたしのほうから押しかけたんだし、十分よ。いただきます」

Ｍｒ．マッシュの醸し出すゆったりとした空気に、ここに来るまでにどんどん増していた興奮が、少し落ち着いたような気がする。

「それで、どんな用事かな？」

「……実は、ダイゴのことで聞きたいことがあるの」

「ほう。てっきりオッドマンのことかと思ったが、そうか……」

「あ！　違うわよ！　ダイゴのことが気になるー、とかそういうんじゃぜんっぜんなくて！」

「ほほ、それはわかっているよ。それで、ダイゴの何を聞きたいというんだ？　本人ではなく、わしに聞きにくるくらいだ。昔のことなのだろう？」

話しぶりからして、Mr．マッシュはダイゴが異形のヒトになる前の記憶を失っていることを知っているようだった。それならば、話が早い。

「さすが、Mr．マッシュね。あたしね、ダイゴとアンジェレッタっててっきり元々あたしたちと同じ生まれながらにしての異形のヒトなんだと思ってたのよ。でも、ダイゴは元人間だってことを知っちゃって、そうしたら……」

「どうして異形へとその姿を変えたのかが、気になってしまった。そんなところかね」

「！　そう！　そうなの！　だって、アンジェレッタとダイゴって、ダイゴが人間だった頃に恋人になったたって言うのよ？　そりゃ、異形のヒトと人間じゃ寿命が違うし、色々あるとは思うんだけど、そんな簡単に変われるものじゃないでしょう？」

「ああ、そうだな。我々と人間は違う生き物だ。生まれ変わりというものが本当に存在していたとしても、一度死にでもしなければ、まず変化するということはないだろう」

――一度、死ぬ。

ここにきて、自分が思っていたよりもずっと辛い出来事があったのではないかと、胸がざわめいた。

「……聞かないほうがいいのかしら」

Mr．マッシュは思案するように、自分の口髭をゆったりとした手つきで撫でている。

「それは、わしがどうこう言える問題ではないだろう。わしが話せるのも第三者から伝え聞いたいわば、噂話とも取れるものだ。どこまで信じるかは、聞いた者の判断に委ねられる」

「……ええ」

「この話を聞くことで、友人としてこれから何かできるかもしれないし、できないかもしれない。それもまた、レベッカが決めることだろう」

Mr．マッシュはその話を知った時にどう思ったの？

聞いてしまえたら、気持ち的には楽になれただろう。でも、唇をきつく閉じて押し止めた。誰かに答えを求めているようでは、友人の過去を聞く資格はない。

いつの間にか、シュガーはレベッカの足元で姿勢よく座っている。それを見て、レベッカも覚悟が決まった。

「教えて。ダイゴに一体、何があったのか」

背筋を伸ばしたレベッカに、Mr．マッシュは鷹揚《おうよう》に頷く。

「いいだろう。……今から話すことは、異形のヒトを研究している人間の学者から、伝え聞いた話だ。かつて、人間の街で人魚を見世物にし、人気を博していた見世物小屋があったそうだ。

だがその見世物小屋は、大火事に見舞われることになる……」

長い話になるのかもしれない。

Ｍｒ．マッシュは、自分の分のお茶も淹れてから、レベッカの座るソファの前に椅子を引き寄せて腰を下ろした。

＊＊＊

その見世物小屋は驚くほど繁盛していた。

人間たちの間では伝説の生き物と言われていた『人魚』を実際に見られるというので、その移動式の見世物小屋がやって来ると街中の人間が我先にと押しかけた。ひとつの街の端から端まで、人魚を見るための行列ができるほどだったという。

ただ見るだけならば行列も二、三日で落ち着きそうなものだが、行列は見世物小屋が留まっている間、ずっと続いた。

その理由は、人魚の歌声にある。

見世物小屋にいる人魚は、それはそれは美しい声で歌う。

一度その歌声を聞いてしまうと虜になってまた聞きたくなり、二度聞くと忘れられず、三度聞くと彼女の歌なしでは生きていけなくなるとまで言い出す人間が出る始末。

さすがは海で船乗りを惑わせると言われるだけのことはあると、誰もが口々に人魚の歌声を褒め称えた。

だが、その見世物小屋にはもうひとり、人気の者がいた。

その男は、自らの髪と同じように真っ赤な炎を口から吹いてみせるという。その派手なパフォーマンスと、何よりも無口で穏やかなのがいいと、街の女たちを中心に人気を集めていた。

子供にもとてもやさしいらしく、子供のみならず子連れの母親までもがついつい、この火噴きの男を見に見世物小屋に通ってしまうらしい。

その火噴き男であるダイゴには、その日の舞台を終えるとどこよりも先に向かう場所があった。

見世物小屋の奥、ライオンのいる大きな檻《おり》やショーで使う様々な動物たちが入れられている倉庫の一番奥で、その大きな水槽は厳重に保管されている。

ダイゴがその倉庫に入るとすぐに、

「ダイゴ、来てくれたのね！」

弾んだような声が聞こえた。

アンジエレッタは狭い水槽の中でくるくると回り、全身で喜びを表現する。たまに勢い余って水槽に頭をぶつけてしまうことがあるので、ダイゴはいつもハラハラした。

「アンジェ……あまり泳ぎ回るとまた……」

「っ……！」

言ってるそばから、アンジェレッタがごつん、と水槽に頭をぶつけて情けない顔をする。昼間、人間たちを魅了する歌を披露している時とは、大違いだ。

そのギャップに笑ってしまいながら、ダイゴはアンジェレッタのいる水槽にそっと手を当てた。

視力を失っていても気配でわかるのか、アンジェレッタもまた、ダイゴと同じようにガラスの壁に手を当てる。

ふたりの間にはいつだって分厚いガラスの壁があったが、かまわなかった。毎日、顔を見て話せるだけで、十分に幸せだからだ。

「だから言っただろう」

「うれしくてついはしゃいじゃうの。でも不思議ね、そんなに痛くないのよ？」

「……いい音はしていたぞ」

「前より、ちょっとずつ痛くなってきてるみたいなの。もしかしたらわたし、今にこの水槽を通り抜けられるようになるんじゃないかしら？」

それはアンジェレッタの頭が日々ぶつけられることで頑丈《がんじょう》になってきているのでは……と思わなくもなかったが、言わないでおいた。

アンジェレッタは冗談を言っている風でもなかったので、人魚にしかわからないような変化があるのかもしれない。

頭の片隅で覚えておくようにしようと思いながら、その日にあった他愛もないことをお互い報告しあった。

ダイゴがこうしてアンジェレッタに自由に会えるのは、見世物小屋のオーナーの覚えがめでたいからだった。ここに来たばかりの頃は、ダイゴはまだ舞台に立てるような芸を持っていなかった。それもあって、アンジェレッタに会おうとすると叱責され、金を稼げないのなら雑用を人一倍しろと追い払われた。

それが今や、アンジェレッタに次ぐ稼ぎ頭になり、仕事の時間外ならば何をしていても咎められることはない。

ただ、毎日会えるとはいっても、アンジェレッタは狭い水槽の中から出してはもらえない。頑丈な水槽は割れる心配だけはなかったが、蓋《ふた》までガラス製なので手を外に出す……といったことすらできなかった。

いつか、自由にしてやりたい。

そのためにも、自分がアンジェレッタの分も稼げるようにならねばと、ダイゴは思っていた。アンジェレッタに会う時間以外はすべて、芸の練習に費やしているのもそのためだ。

しばらくアンジェレッタと話していると、倉庫のドアが開く音がした。

もう夜も更けており、動物の調教師もとっくに就寝している時刻だ。一体誰がと思っているうちに、話し声が近づいてきた。

「ええ、そりゃあもう、美しい歌声でございますよ、はい」

「そうかそうか。しかし目が見えないと聞いているが、品質に問題はないのか？」

「もちろんでございます！　むしろ、目が見えないからこそ、余計なことはわからず、騒ぎもしません」

「ほう……。それはいい。当然、若いのだろうな？」

「見た目で言うなら、ちょうど年頃の娘といった具合でございます。肉付きもよく、見た目も十分ご満足いただけるものかと」

「はっはっは！　それはいい。そういう人魚を求めていたのだ」

やけにへりくだったオーナーの話し方に、ダイゴは眉根を寄せた。かつて、オーナーがここまで下手に出ているのを見たことはない。相手が客の時はそれなりに丁寧に接しはするが、根本的に見下していた。

オーナーたちはダイゴがいることに気づいていなかったようで、水槽の前までやってきてからぎょっと足を止める。

「な、なんだダイゴか。驚かすんじゃない！」

「……オーナー、こんな時間にどうしたんですか」

「お前には関係ない。私はトキワ様のご案内で忙しいんだ。さあ、出ていけ」

しっし、と犬でも追い払うように手を振られ、ダイゴはアンジェレッタを気にしながらもその場を立ち去るしかなかった。

トキワと言われた男は、は虫類のような冷たい目をダイゴに向けている。その横を通り過ぎる際、葉巻の臭いがやけに鼻についた。

「さあさあ、トキワ様。どうぞもっと近くでご覧ください」

「おお、噂に違わず美しい。……味見はできないのかね？」

「こ、これはご冗談を。明日も舞台に立つ予定ですので、正式にご契約いただくまではご容赦《ようしゃ》くださいませ」

「ふうむ……」

ふたりの会話に不穏なものを感じ、ダイゴは倉庫を出るフリをしてライオンたちの檻の間に身体を滑り込ませた。

オーナーとトキワはそんなことにはまるで気づかず、アンジェレッタの水槽の前で商談を始めた。

「それで……いかがですか？　人魚となると、他では決して手に入らない代物になるかと思いますが」

「……そうだな。私が今まで見てきたのも、干からびた人魚のミイラがせいぜいで、このように生きていて、しかも若く美しい人魚は初めて見る」

「そうでしょうそうでしょう！　世界中探したって、こんな好条件の人魚は手に入らないことでしょう！」

手を蠅のように擦り合わせるオーナーの姿が目に浮かぶ。

トキワがどのような人物かはわからないが、オーナーがこの男にアンジェレッタを売ろうとしていることはわかった。それもおそらくは、法外な値段で。

そうでなければ、見世物小屋一の稼ぎ頭であるアンジェレッタを手放すはずがない。

「しかし君……いくらなんでも高すぎはしないか」

「いえいえ、トキワ様。よぉくお考えください。生きた、人魚ですよ。それもこんなに生命力に満ちた若々しさがある！　……この人魚こそ、トキワ様が探し求めていた不老不死の肉に間違いありません」

不老不死の——肉。

何を、とダイゴは思わず飛び出しそうになった。

人魚として売ろうとしているのではない。オーナーは、この男に肉としてアンジェレッタを売りさばこうとしていた。

怒りで、頭が沸騰してしまいそうだ。

初めてアンジェレッタに出会った頃、彼女はダイゴに聞いたことがある。

人間は人魚を食べるのか、と。

まさかとその時は思っていた。違う種族同士、関わりがないせいで生じた誤解だろうと。

だが、本当だった。本当に、人魚の肉を食べる人間がいる。

「ううむ。……確かに、この若い人魚の肉ならば、不老不死の身体を手に入れられる気はするが……。しかし三回は一生遊んで暮らせる金となると……」

「トキワ様、お忘れではございませんか……？　人間の一生はいくら金があっても、一度きり。

けれどこの人魚を手に入れさえすれば、三回どころか永遠に生き続けることができるのですよ。それこそ、金など稼ぎ放題じゃありませんか！」

「むむ！　君、いいことを言うじゃないか。よし、決めたぞ。君の言い値で買おう」

「ありがとうございます！」

「それで、受け渡しはいつになる？　金なら明日にでも用意させよう」

「それが、今週いっぱいは見世物小屋のチケットがすでに完売しておりまして……」

「なんだと!?　一週間もこの私に待てというのか！」

「申し訳ございません！　ですがそこも、長い長い人生から考えれば、瞬きほどの一瞬のことかと……」

　オーナーたちが話している間、アンジェレッタはひと言も言葉を発さなかった。声が聞こえていなかったはずはない。ふたりはアンジェレッタの水槽の前で、彼女の身体の品定めをしていたのだから。

　オーナーたちが倉庫から出ていったあと、ダイゴは迷わずあとを追った。

　トキワが上機嫌のまま立ち去ったところで、オーナーへと詰め寄る。

「オーナー！　アンジェを売るのはやめてくれ！」

「ダ、ダイゴ……ッ。驚かすなと言っているだろう！」

「考え直してほしい。あの男はアンジェを食うつもりだ！」

「はぁ。……そんなことわかってる。だから、一回こっきりでも十分な金を積ませたんだからな」

「お前……アンジェレッタにあれだけ稼いでもらっておいて、少しは情が湧かないのか!?」

「情?」

オーナーは目を丸くしてから、腹を抱えて笑い始めた。

「ふははは! ひぃ、ダイゴ、笑わせるな!」

「……何が可笑しい」

「ひぃ、ひぃ……ああ、涙が出てきたぞ。これが笑わずにいられるか」

ピタリ、と笑い止むと、オーナーは人差し指をダイゴへと突きつける。

「いいか。何か勘違いしているようだから言っておこう。私は道楽《どうらく》でこの仕事をしているわけでも、好きでしているわけでもない。むしろ、こんな見世物小屋、金さえ手に入ればとっとと取り潰して丸焼きにしてしまいたいくらい嫌悪《けんお》している」

「何を……」

「当たり前だろう。何が人魚だ。何が伝説の歌声だ。海にいる人間を海中に引きずり込むような化け物だぞ? そばに置いておくだけでも怖気がする! そんなもの、金さえ手に入れば手放すほうがよほどいいというものだ!」

オーナーがこんなことを考えていたなんて、気づきもしなかった。

アンジェレッタを水槽に閉じ込め、見世物にしてはいても、この男は暴力だけは振るわなかった。だから、勘違いしてしまった。

人間らしいやさしさを、少しは持ち合わせているのだと。

「いいか、ダイゴ。お前にはもう人魚と会うことを禁じる。あれはもう売約済みだ。取り返したいなら、あの男から買うんだな。金を積めば、耳のひとつくらいは恵んでくれるかもしれんぞ」

「っ……」

反射的に殴りかかろうとした。だが、ふいに聞こえた美しい歌声に、ピタリとその手が止まる。

「わ、私に暴力を振るってみろ！　今すぐにでもあの人魚を売り払ってやる！」

オーナーは転げるようにしてダイゴの前から逃れ、倉庫の鍵だけはしっかりと閉めてから走っていった。

歌声はまだ響いている。なんと歌っているのか、その言葉はわからない。だが、もの悲しいそのメロディーに胸が締めつけられた。

「アンジェ……」

これ以上、誰にも傷つけさせはしない。

一週間の間にあのトキワという男を見つけ出し、アンジェレッタのことを諦めさせる。それ以外、アンジェレッタを救う方法は残されていなかった。

初めは、オーナーから情報を引き出そうとした。

だが、オーナーが売却先であるトキワの情報をダイゴに教えるはずもない。さらに仕事を休んで街に探しにいくということもできなかった。

少しでも仕事を疎かにすれば、約束の期日を待たずにアンジェレッタを売ると、オーナーに脅されたからだ。舞台が終わってから街に出たのでは、夜も遅く人が捕まらない。

ダイゴの芸を見に見世物小屋に来る人に聞いてもみたが、名前と見た目の特徴しかわからないのでは、知っている者を見つけることも叶わなかった。

そうして刻一刻と時間は過ぎ、残すところ三日となった日にそれは起きた。

その日の仕事を終え、疲労を抱えた身体でダイゴは街へと繰り出していた。どうにかしてトキワの居場所を見つけなければと、街を彷徨い歩く。

月のない曇った日のことで、空は暗かった。

冬の訪れを感じさせる冷たい風のせいで、街にはいつも以上に人気がない。酒場ならばまだ開いているだろうと足を向けた時、店じまいをしようとしていた乾物《かんぶつ》屋の店主が、ダイゴの後ろの空を指差して叫んだ。

「ありゃ、なんだ!?」

流れ星でも流れたのかと振り返り、息を呑む。

空が、燃えていた。

ついさっきまで、星さえ見えなかった暗い空が、今は真っ赤に染まっている。もうもうと煙が上がり、何か人工的な物が燃える臭いが風に乗って流れてきた。

火は近くで上がっているように見える。それほど明るかった。見世物小屋の方角ではあったが、小屋から街まではそれなりに距離がある。万が一、見世物小屋で火の手が上がっていたとしても、ここまではっきりと炎は見えないはずだ。きっと、街の飲食店などで火事が起きたのだろう。

そう冷静に考える自分がいるのに、ダイゴの足は来た道を全速力で引き返していた。

嫌な予感がする。

今いかなければ、一生後悔するような、そんな――。

走っても走っても、火の元が見えてこない。

通りは、火事に気づいた人たちであふれていた。その人混みを掻き分けるようにして、前へ前へ足を進める。

近くで燃えていると思ったのに、街の終わりが見えてきた。この先には、大きくテントを張った見世物小屋と、その倉庫しかないはずなのに。

走り通しで肺が悲鳴をあげている。

荒い呼吸を繰り返しながら、ダイゴはようやく燃え上がる炎の前に立った。

燃えている。

見世物小屋が赤々と、燃えている。

周りには、まるでダイゴの芸を見ている時のように、興奮した顔つきの人間たちが群《むら》がっていた。その光景は一種異様で、気味悪くすらある。

「アンジェ……ッ」

ぞっとする光景から目を逸らし、また走り出した。

夜になると、アンジェレッタのいる水槽は倉庫に移動される。見世物小屋が燃えてしまっても、倉庫に燃え移っていなければ助けられる。

見世物小屋の裏に回ると、倉庫の前ではふたりの男が激しくもみ合っていた。

「おい、早く火を消せ！　私の人魚が丸焼きになってしまう！」

「あんたが無理やり運び出そうとなんてするからだろう！　金はちゃんと払ってもらうからな！」

「契約上はすでにあれは私の物だ！　私の物を私が運び出して何が悪い！　いいか！　商品が手元に届かない限り、金は払わんぞ！」

「まだあんたの物じゃなかった！　大体、散々言っただろう！　倉庫には燃えやすい物が多いから、中で葉巻は吸うなと!!」

「知るか！　ああ、もうお前では埒が明かん！　誰か！　この火の中から人魚の肉を一片でも持ち帰れば金貨十枚をくれてやる！　いや、二十枚だ！　誰かいないか！」

トキワはずっしりと重たそうな革袋を振り、見物客たちに向かって叫ぶ。

「ええい、腰抜けどもが！　金貨三十枚ならどうだ!?」

誰も名乗り出ないと見るや、さらに声を張り上げ、革袋を高々と掲げた。その手を、ダイゴは後ろから掴む。

「！　お、おお、お前が行くか！　よし、名前を──」

無言のまま、薄ら笑いを浮かべる顔を殴りつけた。

「ぐっふぉ……っ！」

トキワが地面に倒れ込んだ拍子に革袋が落ち、金貨が空を舞う。

「おい、金貨だ！　金貨が落ちてきたぞ！」

「本物だ！　拾え拾え！」

「や、やめろ……っ、それは私の金だ！　貴様ら、汚い手で……ぐっ、は……！」

倒れたままのトキワを、群がった人々が踏みつける。ダイゴはその横を通り抜け、倉庫の前に立った。

入口はすでに炎で焼け落ちている。元々、裏口などない簡易倉庫だ。中に入るにも外に出るにも、炎が吹き出しているこの入口を使うしかなかった。

倉庫の横では、ライオンの調教師が必死にバケツで水を汲んでは火にかけている。それはまるで意味をなしていなかったが、調教師はやめようとはしなかった。

調教師は倉庫に近づこうとするダイゴに気づくと、炎の熱で焼けた頰に涙を流しながら言う。

「あいつら、まだみんな中にいるんだ。こんな熱い中に、いるんだ。早く消してやらねえと、みんな死んじまう……っ」

──人間の中にもね、きっとやさしい人はたくさんいるの。

いつだったか、アンジェレッタが言っていた言葉を思い出した。

「……その水、一杯だけ分けてもらえないか」

「え？　あ、ああ……」

ダイゴは調教師からバケツを受け取ると、頭からその水を被る。

「お、おい、お前まさか……」

「ライオンの檻の鍵を貸してくれ」

「やめておけ！　もう中も火が回ってるんだぞ!?」

「諦めてるなら、どうして水をかけていた？　オレは、絶対に諦めない」

「つ……頼む」

調教師から託された檻の鍵を手に、燃えさかる入口に向かった。目の前に立つだけで、頬が焼けるように熱い。

わずかに炎の上がっていない隙間を見つけ、その近くで燃えている木の柱を蹴り倒した。穴が広がった隙に、倉庫の中へと飛び込む。

内部もあちこちで火が上がっており、煙が充満していた。まだほんの数秒しか経っていないというのに、全身から汗が噴き出す。火噴きの芸で負うような、些細な火傷では済まないだろう。

「アンジェ！　返事をしてくれ！」

叫びながら、一歩ずつ奥へと進んだ。途中でライオンの檻に差しかかり、焼きごてのように熱された錠前に鍵を差し込んで檻を解放する。自力で中から逃げ出せる動物しか、助けることはできなかった。

ダイゴの腕は二本しかない。その腕に抱いて逃げるべき相手は、まだ奥でダイゴを待っている。

奥は入口ほど、炎の勢いがなかった。この分なら、アンジェレッタを助けたあとに裏の壁を壊して逃げ出すことができるかもしれない。

「アンジェ、待ってろ……」

全身に火傷を負いながら、奥へと進んだ。

煙が目に入り、視界が曇り出す。その目を細めた先に、ようやくアンジェレッタのいる水槽が見えた。

「アンジェ……！」

水槽の中で、アンジェレッタがガラスの壁に両手をつく。

「ダイゴ!?　どうしてここに……っ？　早く逃げて！　あなただけなら、まだ逃げられる！」

「馬鹿を言うな！　オレはお前を迎えにきたんだ！」

水槽に触れてはっとした。中の水が、熱くなっている。

アンジェレッタが寂しげに微笑んだ。

「わたしは水から出たら、自力で歩けもしない。それに、この水槽がとても頑丈なのはよく知ってるの」

冗談を言ったみたいに自分の頭を軽く叩いてみせる。

「だから、いって」

「……駄目だ」

「ダイゴ……お願い」

「お前をひとりになんてしない」

辺りを見回し、人体解体ショーに使う銀製の斧が落ちているのを見つけた。迷わずそれを手に取る。

「く……」

熱せられた銀が、手のひらを灼いた。呻き声を呑み込み、斧を振り上げる。

「どいてろ、アンジェ！」

「っ……！」

ガツン、と激しい音を立てたが、水槽はびくともしない。

「ダイゴ、早く逃げて！　もうじきここも火に呑まれてしまう……っ」

「…………」

「ダイゴ！」

「……言っただろう。オレは、この命が果てるその時まで、お前のそばにいると」

もう一度、斧を振り上げた。けれどやはり、水槽は割れない。

「クソ……ッ」

三度、四度と何度も何度も斧を振るううちに、足元にまで火が迫っていた。足先から、焼かれていく。

「ダイゴ……お願いだから、もうやめて……」

水槽の中で、アンジェレッタが悲痛な声を上げる。

ついに火はダイゴの全身を包み込んだ。両手から火を噴き上げながらも、斧を振るう。すでに、目は見えていなかった。

「もう少しだ……」

水槽に、わずかな亀裂が入る。だが、ダイゴの身体はすでに限界に達していた。まだ息をし、生きているのは奇跡としか言いようがない。

自分の身がたとえ朽ちようと、ここで果てるわけにはいかない。アンジェレッタをこの炎の外に連れ出すまでは、決して倒れるわけにはいかなかった。

その強い執念が――ダイゴを人の理から外れさせた。

「アンジェ……」

火だるまになりながら、その異形のヒトは斧を振りかざす。小さなヒビが一瞬のうちに水槽全体に拡がり、ガラスが砕け散るのと同時に中から水があふれ出た。

「ダイゴ……！」

水槽の水をもってしても、ダイゴの火は打ち消せない。

アンジェレッタを抱こうと伸ばした手が燃えていることに、絶望した。この手では、彼女を救えない。

しかしその手を、白く華奢な手がしっかりと掴んだ。じゅ、と炎に熱され、水が蒸発する音がする。

「アンジェ、いけない……。お前の手が……」

「……わたしは大丈夫。あなたの炎は、わたしを焼いたりしない」

その言葉は魔法のように、ダイゴの火を鎮めていった。

体内に炎が収まるのを感じながら、ダイゴはアンジェレッタを見つめる。

「……すまない。水槽を割れたのはいいが、ここはもう……」

ふたりの周りは水槽の水が零れたおかげで一時的に火の手が弱まっていたが、倉庫の中はすでに火で覆われていた。炎に焼かれても死ななかったとはいえ、ダイゴの全身は火傷で爛《ただ》れている。アンジェレッタを抱いて逃げることはもう――……。

力なく俯きかけたダイゴの手を、アンジェレッタが強く握りしめた。

「……助けてくれて、ありがとう」

「やめてくれ。助けられてもいないのに」

「いいえ。あなたはわたしを助けてくれた。自分の身体を犠牲にしてまで」

アンジェレッタの瞳は閉じているはずなのに、その瞳から強い意思を感じる。

「……アンジェ、お前何を考えている？」

「あなたと、生きること」

「！」

諦めていない。

この、今にも火の海に呑まれようとしている時になってなお、アンジェレッタは生きようとしている。

「もう二度と、誰にもあなたを傷つけさせはしない」

それは、ダイゴがアンジェレッタに誓ったはずの言葉で。

どうしてお前がそれを……と目を瞠ると、アンジェレッタが笑った。

「わたしを信じて。きっと、あなたをここから出してみせる」

「……ああ」

炎に焼かれた背を、そっと抱き寄せられる。ダイゴは霞んだ視界の先で、アンジェレッタの尾が床に沈んでいくのを見つめていた。

＊＊＊

「倉庫の焼け跡からは、人魚と思わしき骨も、人間の骨も出てこなかったそうだ。人間たちは骨まで燃えてしまったと考えたようだが、今のアンジェレッタを見ればそうでないことはわしたちにはわかるだろう？」

レベッカは嗚咽《おえつ》を呑み込みながら、何度も頷いた。

人魚は通常海の中でしか生きられない。けれど、アンジェレッタは地中も自由に泳ぐことができる——異形のヒトだ。彼女もまた、愛する人を救うために自分の生きてきた世界を壊したのだろう。

「……ダイゴの記憶がないのは、いくら異形のヒトに生まれ変わったとはいえ、全身に重度の火傷を負い、何日も生死の狭間《はざま》を行き来したからだろうな。まあ、これは推測にすぎんが」

「……あたし、何も知らなかった……」

「知らなくて当然だろう。わしも、まさかここに人間たちが話していた人魚がいるとは思わなかったしな」

「ああ、Ｍｒ．マッシュはあたしよりもあとにここに来たものね。ふたりはあたしより先にいたけど。……ねえ、でもふたりはどうしてこの異形のサーカスにきたのかしら？　命からがら逃げ延びたのなら、何もまた……」

人間たちの見世物小屋と、この異形のサーカスを同じ物だとは決して言いたくないが、大まかに言ってしまうと同じ部類に入るだろう。

言葉を濁したレベッカに、Ｍｒ．マッシュはひとつ頷いた。

「そう思うのも当然のことだ。わしも以前、他の団員がどうしてこの異形のサーカスにいるのかという話を、オッドマンに聞いたことがあってな」

「そうなの？」

「ああ。わしのようにオッドマンに研究に協力してもらう者、他に行く宛てのない者、誰かを喜ばせたいと思っている者、オッドマン自身に興味のある者……そして、オッドマンに助けを求めた者。理由は様々だったが、おそらくアンジェレッタたちはオッドマンに救われた口だろう」

「……そうね。あたしも、そんな気がするわ」

瀕死の恋人を連れ、逃げ延びたアンジェレッタ。

当然、人間たちの街にはいられなかっただろう。かといって、海の中ではダイゴが生きていけない。

そんな中、手を差し伸べてくれる誰かに出会ったら、その恩人のために何かしたいと思うのは、ごく自然なことだと思う。

「みんな、いろんな過去があってここにいるのね……。あたし、今度からもうちょっとだけ、ダイゴにやさしくしようかしら」

「今までも友人として接してきたのではないのか？」

「そうなんだけど、ほら……。ダイゴって無口のくせに、四六時中ラブラブなところを見せつけてくるところがあるでしょ？　それがたまにカチンとくるっていうか。そういうの見ちゃうと、こっそりラブラブしてなさいよ！　って思っちゃうのよね～」

「つまり、羨ましいと……そういうことかね」

「う……、認めたくないけど」

話が終わった頃、そのタイミングを見計らったようにノックが聞こえた。

「今日は来客が多いようだ」

「あ、いいわ。あたしが出る」

椅子から立とうとするＭｒ．マッシュを押し留め、レベッカはさっとドアへ向かう。

「はいは〜い。どちらさま？」

まるで自分の部屋のようにドアを開けてから、固まった。

「あら、ベッキー。こんばんは」

「……どうしてベッカがここにいる？」

アンジェレッタはかわいらしく小首を傾げ、そのアンジェレッタを腕に抱いているダイゴはふてぶてしいまでに普通だった。

「……ちょっと、どうしてわざわざお姫さま抱っこなのよ」

問いかけるレベッカの声は、わずかに震えている。それにはまったく気づかない様子で、恋人たちは顔を見合わせた。

「ちょっとＭｒ．マッシュに聞きたいことがあったのだけど、わたしが地中を泳いでいくと、ダイゴと話しづらいでしょう？　手も繋げないし」

「今日は少し気温が低いからな。地中も冷えるだろうから、こうして歩いたほうがアンジェが風邪を引く心配がない」

「まあ、ダイゴったら。わたしは寒いのは得意だって言ってるのに」

「そう言って、以前薄着のまま泳いで風邪をひいただろう」

「ふふ、そうでした。あの時、ダイゴに作ってもらった擦りリンゴ美味しかったなあ」

「食べたいならいつで――」

「ちょっと」

完全にふたりの世界の会話に、無理やり入り込む。レベッカは両腕を組み、完全に仁王立ちになっていた。

「イチャイチャするなら、あたしがいなくなってからにしてちょうだい。まったく、ちょっとでもやさしくしようとか思ったあたしがバカだったわ！　はいはい、そこどく！」

ふたりを押し退けるようにして、レベッカはどしどしと足音を立てていってしまった。その後ろ姿を見送ってから、ふたりは部屋の中にいるMr．マッシュに答えを求めるように視線を投げる。

「……気にすることはない。当てられただけのことだ」

「当て……？　どういうことかしら……？」

「さあな。急ぎの用事でも思い出したんだろう」

「まあ、それなら仕方ないわね」

自分たちの仲睦まじい姿が嫉妬の対象になることなど微塵も感じていない様子のふたりに、Mr．マッシュは秘かに苦笑を漏らした。

「……すべてを失おうと消えぬものもあるのだな」

Mr．マッシュのひとり言に、異形の恋人たちは互いを見つめてから、幸せそうに微笑んだ。

第十章

ピエロのロベルティ

Lost Heart and Strange Circus

「団長、見て見て！　おいら、新しい技ができるようになったんだ！」

「おい、ジャック！　今は僕が新技を披露してたんだぞ。あとにしろ」

「あ、ごめん！　寝転んで足に大玉乗せたりしてるから、新しい休憩の仕方なんだとばっかり思ってた……」

「なんだと!?」

「……ふたりとも、新しい芸を修得したなんてすごいね。順番に見せてもらおう」

「「うん！」」

まだ開演前の舞台では、団員たちが取り合うようにしてオッドマンを取り囲んでいる。それを一番後ろの客席から眺めながら、ロベルティは大きく欠伸を漏らした。

「なんだかなぁ。こういうのは求めてないんだけど……」

見るからに心温まるこの光景。

三分も眺めていれば飽きてしまうこのやりとり。

異形のサーカスなんて仰々しい名前がついているのに、ここはちっとも『異形』らしくない。

集まっている団員たちは見た目だけならそれっぽいのだが、オッドマンを囲んで笑い声を上げているようでは、ロベルティが思い描いていた理想の『異形のサーカス』からはほど遠い。

これなら、まだ自分が大昔に経営していた人間同士の闘技場のほうが面白みがあった。

あの、人間たちの残酷な熱気にあふれた歓声を思い出すと、ゾクゾクする。

この異形のサーカスにはそれ以上のものを期待していたというのに、正直がっかりだ。

一体、どこで間違えてしまったのだろう、とロベルティは遠い昔の記憶を呼び覚ます。

＊＊＊

人間は面白い。

ほんのちょっと刃物で刺せば死んでしまうくせに、自分たちがこの世界で一番強い生き物だと勘違いをしている。そのくせ、自分よりも強い個体に出会うと、ヘコヘコと頭を下げ、こびへつらうことで生き残る強かさも持ち合わせている。

そして自分よりも弱い個体は、容赦なく虐げる。その残酷さたるや、異形のヒトであるロベルティすら驚くほどだった。

あまりにも面白いので、もっと面白くしようと裏の街で作ったのが、人間の奴隷《どれい》同士を戦わせる闘技場だ。

これが、馬鹿みたいに儲かる。

金持ちの人間が、毎日のように通う大盛況ぶりだった。

自分と同じ種族の個体が殺し合うのを見て、人間はぎゃーぎゃーと鳴く。恐ろしいと両手で目を隠しておきながら、指の隙間から剣が心臓を貫くのをバッチリ凝視する。

こんな面白い生き物が、他にいるだろうか。

ロベルティはこれらを特等席で見るために、闘技場のマスコットキャラクターを自ら務めていた。騒がれる可能性も想定していたのだが、まったくバレる気配がない。

あまりに堂々としているからか、観客たちは勝手にロベルティを人間が道化師の扮装をしているものと思い込んでいるらしい。

試しに、一度人間の前で頭を外して見せたのだが、

「おお！　お前すごいな!?　今の芸、もう一回見せてくれよ！」

と、拍手をする間抜けぶり。

人間とは、本当に愚かで愛おしい生き物だ。

だが、そんな遊びも三ヶ月もすると飽きてしまった。

戦わせる奴隷は吐いて捨てるほどいたので、一遍に十人ずつの殺し合いをさせたこともある。

だが、盛り上がったのは客の人間たちだけで、ロベルティの心はちっとも満たされなかった。

何かが足らない。

もっと、刺激的な何かがほしい。

このままでは、退屈で死んでしまうかもしれない。異形の身はそう簡単には壊れそうにないが、意外にこういう哲学的なことで死を迎える……なんてこともありそうだ。

半分本気でそんなことを考え始めた頃、人間の街で大人気の見世物小屋があるという話を耳にした。

移動式のその見世物小屋は、なんでも本物の人魚を飼っているらしい。

それだけでも十分に珍しいというのに、火を噴く男までいるという。

これは……羨ましい。

ロベルティの奴隷闘技場にも、何か新しい目玉が欲しいと思っていたところだ。だが、いくら奴隷同士を殺し合わせても、もう斬新さは生まれなかった。

そこに聞こえてきた見世物小屋の噂にヒントを見つけた。

——異形のヒトを使うのはどうだろう。

人間は恐ろしいものが大好きだ。

そして、自分の知らないものを必要以上に怖れる生き物でもある。その性質は使える。

異形のヒトがいるだけで、きっと大いに話題になるだろう。

ショーの内容はたとえば、生の人間解体ショー。

生きたままのイキの良い人間を、魚のように、あるいは鳥や豚のように、解体していく。普段人間たちがやっていることを、そのまま真似てやるのだ。これはさぞ、いい見世物になる。

そうだ。その解体用の人間は、毎回観客の中からランダムで選ぼう。そうすれば、人間たちはショーのドキドキと自分が殺されるというドキドキ、そのふたつを一遍《いっぺん》に味わえる。なんて名案なのだろう。

幸い、解体ショーを簡単にやってのける異形のヒトの心当たりもあった。ナイフ使いのビリーだ。

ビリーなら、喜んで引き受けてくれるに違いない。

最近、裏の街でその姿を見かけない気がするが、探せばなんとかなるだろう。

だが、ショーがひとつきりでは締まらない。

人間たちは飽きっぽい。一度見たら、次はもっと残酷なものを見たがるだろう。もっと残虐に、もっとむごたらしく。

その欲望は留まることを知らない。

それを満足させるためには、ビリーだけでは駄目だ。

何かもっとインパクトが欲しい、とロベルティは裏の街をウロウロ歩き回った。

そうすることで新しい噂を耳にできるかもしれないと思ったからだ。しかし歩き回って見つけたのは噂ではなく……。

人間の短い悲鳴が聞こえ、そちらに顔を向けた。

「ん？　あれは確か……」

通りの向こうに見えたのは、見るからに異形のヒトという風貌の男――オッドマンだ。

姿勢悪く背を丸め、俯きがちに歩くその姿はあまりにも不気味だった。人間が悲鳴をあげて逃げ出すのも無理はない。

あの闇の中でも死なない珍しい異形のヒトに、ロベルティは前から興味を持っていた。存在するだけで不幸を招くというのも、面白い。

オッドマンを使えないだろうか。

ひとまず声をかけてみようと、軽い足取りで近づいた。

「こんにちは、オッドマン♪」

「…………」

　突然現れたロベルティを、オッドマンは訝しむように見つめる。その闇のようにぽっかりと空いた目に、ゾクゾクと背筋が震えた。

　これだ。これこそ、僕が求めていたものだ。

　興奮を押し隠しながら、愛想《あいそ》を振りまいた。

「僕はロベルティ。見ての通り、君と同じ異形のヒトだよ」

「……何か用か」

「もちろん♪　何かお手伝いができないかと思ってね」

「手伝い？」

　いよいよもって、オッドマンが警戒し身構える。このままでは逃げられてしまいそうだ。

　さっさと騙してしまおうと、ロベルティは大きく裂けたその口を、さらに吊り上げて笑顔を作った。

「ほらほら、裏の街の人間たちって野蛮でしょ？　いつ異形のヒトだからって理由で迫害されるかわからないし、同族同士仲良くしておきたいと思って♪」

「…………」

「あ、信用してない？　信じてもらえないなんて、悲しいなぁ」

「……君はこの裏の街に上手く馴染《なじ》んでいるように見えるよ」

「そんなことないよ。毎日いつ石を投げられるだろうってビクビクしながら暮らしているからね。僕のことより、オッドマン。君は何をしてたの？　困っているように見えたけど」

嘘ではない。オッドマンは何かを探すかのように徘徊していた。

「よかったら、僕に話してみてよ。誰かに話したほうが、早く解決することもあると思うよ♪」

オッドマンは話すべきか逡巡しているようだったが、ロベルティを追い払うには話すしかないと諦めたのか、ため息混じりに言った。

「……どうしたら、幸福を招く存在になれるのか。それを考えていた」

「ん？　んんん？　幸福？」

あまりにもオッドマンに似合わない言葉に、ロベルティは無意識に頭を身体から外して大きく首を捻る。

——面白い。これは、面白い。

頭の中で、バラバラだったピースが一気にハマる感覚があった。

異形のヒトを集めよう。たくさん集めて、異形のヒトだけのサーカスを作るのだ。

そしてそのサーカスの団長には、オッドマンを据える。

毎日、観客たちを恐怖のどん底に突き落とす、異形のサーカスの出来上がり。

だが待てよ、とさらに首を捻った。

ロベルティが異形のヒトを集めてきたのでは、当たり前に恐怖をプレゼントする意外性のないサーカスになってしまう。

このサーカスは一見すると平和そうに見えたほうがきっと面白い。

異形のヒトでも、人間でも、期待を裏切ってこその面白みだ。

そうなると、このサーカスを作れるのはオッドマンしかいないように思えた。

誰かに『幸福』を与えたいと願っている異形のヒトが、実際には観客すべてに『不幸』を与えるためのサーカスを作り、運営する。なんて名案だろう！

ほんの数秒の間にその設計図を頭の中に思い描き、ほくそ笑んだ。

「オッドマン、僕にいい考えがあるよ。きっと、君も気にいると思うなぁ♪」

「……なんだい？」

思いのほか簡単に、オッドマンは引っかかった。

しめしめ、と心の中でだけ舌なめずりをしてニコニコと続ける。

「サーカスを作るんだよ」

「サーカス？　サーカスというのは、君のようなピエロがいる、あれのことかい？」

「そうそう♪　ピエロに玉乗り、空中ブランコ。人間がやるんじゃないよ？　団員はみんな、異形のヒトを集めるんだ」

「…………」

「そのほうが、より楽しいショーを用意できるだろう？　サーカスっていうのは、本当に素晴らしいものだよ♪　泣いてる子供だって笑い出す♪」

「…………」

「それこそ、オッドマンの求める幸福を招く存在、笑顔でいっぱいの場所を作れるよ♪」

ワクワクしながら回答を待った。

オッドマンがこの提案に乗ったりしたら、最高の恐怖を与えるサーカスが誕生する。

もし断られても、なんだかんだと丸め込むつもりでいた。だが、その必要はなかった。

「……それは、いい案かもしれないな」

にい、とロベルティの笑みが深くなる。

こうして、ロベルティの計画通りにオッドマンは異形のサーカスを作り始めた。

＊＊＊

そこまでは、よかったはずなのに……。

「どうしてこうなっちゃったのかなぁ」

まだ平和そのものの光景を繰り広げている舞台を眺め、ロベルティは舌打ちでもしたい気分になる。

せっかく最高の提案をしてあげたのに、まず人間がやってこない。

観客としてやってくるのは、きれいなものに惹かれるという客人たちだけだった。

純粋な心の持ち主である客人たちは、異形のヒトが披露する素晴らしいショーに惜しみない拍手を送る。客席は客人たちの笑顔であふれ、胸焼けでも起こしそうな雰囲気になる。

さらに、客人を喜ばせると『幸福』が訪れると言われている通り、このサーカスはいつだって今のように平和ぼけした日常を送っていた。

これでは、それこそオッドマンが望んだ未来そのものじゃないか。

最高の恐怖は一体どこにいったのか……。

だが不思議なことに、この退屈で仕方のない毎日を、どこかで受け入れている自分もいる。

金稼ぎができるわけでも、人間が恐怖に陥るところを見て楽しめるわけでもない。

それなのに、だ。

どこか調子でも悪いのかなと思っていると、みんなと舞台の上にいたはずのノアがこちらにやってくる。

「どうしたの？　リトルレディ♪」

つまらない用事だったら、首をちょん、と刎ねてしまいたい。

頭の中でその愉快な様子を想像した。

「あのね、オスカーが紅茶を淹れてくれるって言うから、ロベルティも誘いにきたの」

「僕を？　どうして？」

「……みんなで飲んだほうが、美味しいでしょう？」

「あはは、冗談が上手いね！　紅茶なんて誰と飲んでも味は同じだよ」

ノアは考えるように一度俯いてから、また顔を上げた。

「そんなこと、ないと思う。みんなで飲んだほうが、美味しい」

口調は静かだったけれど、はっきりと言い切る調子に軽く驚く。

このサーカスに来たばかりの頃は、無表情に加えて、自分の意見らしい意見も言えなかったというのに。

「……そんなに言うなら、いこうかな♪」

「うん」

ロベルティが立ち上がったのを見て、ノアがほんのりと頬を緩める。それは以前なら決して見られなかったものだ。

——人間は、成長する生き物。

本当に退屈な毎日だけれど、もうしばらくはこのままでもいいかもしれない。

そんなことを考えながら、ロベルティはノアと共にみんなの待つ舞台へと歩いていった。

エピローグ

幸せを咲かせる異形のサーカス

Lost Heart and Strange Circus

団員全員の話を語り終えた時、ノアは空になったカップを両手で持ったまま、うつらうつらと船を漕《こ》いでいた。

「……眠ってしまったようだね」

オッドマンはノアの手からカップをそっと受け取り、近くのテーブルの上へ置く。それでも目を覚まさないのを確認してから、その小さな身体をやさしく抱き上げた。

ノアの部屋まで運ぼうと廊下に出ると、いつからそこにいたのか、ロベルティが顔を覗かせる。

「団長はおやさしいね♪」

眠るノアの顔を覗き込むロベルティの声は、幾分潜められていた。そのことに、自分は気づいているのだろうか。

「ただ部屋まで運ぶだけだよ」

「それもあるけど、さっきの話だよ。リトルレディを安心させるためだけに、理解できもしない異形の者たちの話をしてあげるなんてね」

「……理解してもらおうと思って話したわけじゃない」

「それなら、なんのために話したの？　まさか、暇潰しじゃないだろう？」

そんな退屈なことをして何になる、とでも言いたげな口調だったが、今こうしてあとをついてきている自分のことは、すっかり棚に上げている。

「ノアが知りたいと言ったから、話しただけだ」

「ふぅん。……団長は不思議だな」

どういう意味かわからず首を傾げる。

「その仮面のせいで表情はわからないし、実体すらもたない。闇の住人と言われて同じ異形の者たちにも怖れられてるくせに、今の団長は……人間みたいだよ」

「……………」

「まぁ、それはそれで面白いけどね♪」

言うだけ言うと、ロベルティはおどけたように手を振ってどこかへいってしまった。

そのロベルティと入れ違いで、安心しきった顔で眠っているアンジェレッタを腕に抱いたダイゴがやってくる。

「…………」

「…………」

お互いの腕の中を見て、わかり合ったかのように頷きすれ違った。

廊下をさらに進むと、Ｍｒ．マッシュの部屋から明かりが漏れているのが見える。中からは、孫たちにどうにかして学問に興味を持たせようとしているＭｒ．マッシュの声が聞こえていた。

「いいか？　カラがリンゴをひとつ持っている。それをカブラに分けるには、このリンゴを何等分する必要がある？」

「ひと口ずつかじる！」

「かじる！」

「……これは時間がかかりそうだ」

微笑ましい会話が聞こえてくる扉の前を通り過ぎる。

しばらく歩くと、今度はオスカーが歩いてくるところだった。その肩には、ジャスミンが乗っている。

「こんばんは、団長。ご機嫌いかがかね？」

「ノアは寝ちゃったの？」

「ああ。今、部屋に送っていく途中だよ」

ふたりはノアの寝顔を覗き込み、穏やかな笑みを浮かべた。

「おやすみ、ノア」

ふたりと別れてさらに歩くと、廊下の奥から徐々に誰かの会話が聞こえてくる。

「違うわよ。そっちの指はその紐じゃなくて、親指にかかってる紐を引くの」

「引いてるヨ。本当にこれ、橋の形になんてなるノ？」

「はぁ……。ビリー、あんたってナイフはあんな器用に扱えるのに、あやとりはほんとド下手ねえ」

「……酷い言われようだナ」

ふたりはオッドマンとノアに気づいていなかったが、一緒にいたシュガーがそれを教えたようだ。

「あらぁ、団長！　ノアはおねむ？」

「ひヒッ、団長が子守りだなんて笑えるネ」

「ふたりはまだ遊んでいたのかい？　もう夜中だよ」

「そうなのよ〜。ビリーがいつまで経っても上達しないから、こんな時間になっちゃって。夜更かしはお肌に悪いのに！」

「意地でもできるようにさせるって付き合わせたのはそっちでショ」

「……ふたりとも、ノアが起きるよ」

「「！」」

ふたりはピタリと黙り込むと、目配せし合ってからオッドマンに挨拶をしてその場を離れた。

これでもう誰にも会わないだろうと思っていたのに、ノアの部屋の前にふたつの小さな影が見える。

「あ、団長！」

「しっ！　ジャック、ノアを起こすぞ」

立っていたのはジャックとアルフォンスで、ふたりはノアを待っていたようだった。

「ふたりとも、こんな時間にどうしたんだい？」

ジャックの手の中には大きな植木鉢があり、そこから生えている植物は今にも咲きそうに膨らんだ真っ白なつぼみをつけている。

それを見ただけでノアに会いに来た理由は察しがついた。

「そろそろ咲きそうだから、三人で咲くところを見たいなって思ったんだけど……」

「ノアが寝てるんじゃ、無理だな」

がっかりした様子のふたりに、オッドマンはもう一度つぼみを見つめる。

「……確かに咲きそうに見えるけど、この時間になっても咲いていないってことは、開花は明日の夜になると思うよ」

「えっ」

「ほらみろ！　だから明日でも大丈夫だって言ったんだ！」

「アルだって焦ってたくせに！」

ふたりは小声で言い合っていたが、その顔には安堵の表情が浮かんでいた。おそらく、ノアが見たというふたりの内緒話は、この花のことだったのだろう。

「今日はもうおやすみ。明日の朝になったら、ノアと夜の約束をしてあげるといい」

オッドマンの助言に、ふたりは素直に頷いてそれぞれの部屋に戻っていった。

ふたりを見送ってから部屋に入り、ベッドにノアをそっと寝かしつける。いい夢を見ているのか、ノアは唇に柔らかい笑みを浮かべ、ぐっすり眠ったままだった。

「……一体、どんな夢を見てるんだい？」

そっとノアの頭を撫でる。不思議なことに、ノアも……シェラも、触れる者の心をやさしく解かす空気のようなものを持ち合わせていた。

すべてを許されるような、そんな安らぎを感じるのだ。

オッドマン自身がシェラにもらったものを、いつかノアにあげたいと思う。

今はまだ、見守ることしかできないけれど……。

この異形のサーカスは、少しでもノアに笑顔を与えられているだろうか。

僕は少しでも、幸福を招く存在に近づけているだろうか……。

ノアを見つめるオッドマン自身は気づいていなかった。

その瞳が、かつて闇の住人と怖れられた異形のヒトを救った少女のように、あたたかな光に満ちていることを——。

「笑わない少女」がまさかの書籍化！とても嬉しいです…！
制作に携わってくださった方々
いつも笑わない少女を応援してくださる皆様
そして本書を手に取って頂いた方 ありがとうございました！！
株式会社 SEEC

あとがき

子供の頃、自分たちが生きている世界とは別の世界がどこかに存在していると信じていました。そしてそこには人間ではない誰かがいて、普段何気ない瞬間に彼らとすれ違っている。それに気づく日はいつ来るのだろうと待ち続け、今に至ります。

きっと本書をお手に取っている方なら、わかると頷いてもらえるのではないかと思います。

さて、本書は株式会社ＳＥＥＣ様原作のアプリゲーム『笑わない少女と異形のサーカス』のノベライズ版となります。

ゲームの内容をなぞる形ではなく、団員たちひとりひとりにスポットライトを当てた短編の物語で構成されています。

ゲーム未プレイの方でもお楽しみいただける形となっておりますが、ゲーム本編と共にお楽しみいただくと、より一層感慨深さが味わえるのではないかなと、と思います。

また、二〇一七年三月にはスピンオフ作品である『シェラ―闇に咲く一輪の花―』もリリースされておりますので、こちらも合わせて三つお楽しみいただくことを強くおすすめさせてください。シェラという名前を見ただけで私は涙がこみ上げてきます。


十人の団員たちの物語は、決してやさしい物語ばかりではありません。

けれど過去の思い出の中に悲しいことがひとつもない人がいないように、異形の者たちもそういった過去を通り過ぎて今笑えるようになっているのではないかな、と私は思います。

むしろ辛い過去を持つ彼らだからこそ、ノアやシェラといった人間の世界では生きづらい人たちを受け入れるやさしさを持ち合わせているのではないでしょうか。

人間よりも寿命の長い彼らのことですから、これから先もきっと、彼女たちのような人間とうっかり友達になるような気がしています。

異形のサーカス、日本にも来てほしいものです。


私は彼らのような異形の者たちに出会う機会にはまだ恵まれていませんが、いつの日か会えるんじゃないかなとその日を心待ちにしています。もし、もう会ったという方がいらっしゃいましたら、ぜひ私にもこっそり教えてください。

最後になりましたが謝辞を。

広いお心で本作の物語を受け入れ、あたたかく見守ってくださった株式会社ＳＥＥＣの皆様、表紙と挿絵に素敵なイラストを描いてくださったリウイチ様、いつも本当にお世話になっております担当の小野さん、校閲のご担当者様、デザイナー様、印刷所の皆様などなど、本になるまで多くの方にご助力いただきました。ありがとうございました。

そして、この本を読んでくださった皆様にも、心から感謝を。

それではまた、どこかでお目にかかれますように。

狐塚　冬里

夜道探索アクションゲーム、待望のノベライズ！
真夜中の世界には、
ときどき
妙なものがいる。
夜廻《よまわり》
原作——日本一ソフトウェア
著——保坂 歩
イラスト——溝上 侑（日本一ソフトウェア）
大切な姉と愛犬を探すため、
幼い少女はひとり夜の町を彷徨う。
大好評発売中!!
http://www.php.co.jp/yomawari/
判型：四六判並製　定価：本体1,300円(税別)
Illustration by Yu Mizokami

大人気ホラーアプリ、公式小説化！
歪《ゆが》みの国のアリス
「人の消えた世界」へ迷い込んだアリス＝亜莉子は、
元の世界に戻るために「シロウサギ」の行方を追うが──
大好評発売中!!
http://www.freegamenovel.com/alice/
判型：四六判並製　定価：本体1,200円（税別）
［執筆］狐塚冬里
［原案］サン電子株式会社
［イラスト］vient
Illustration by vient

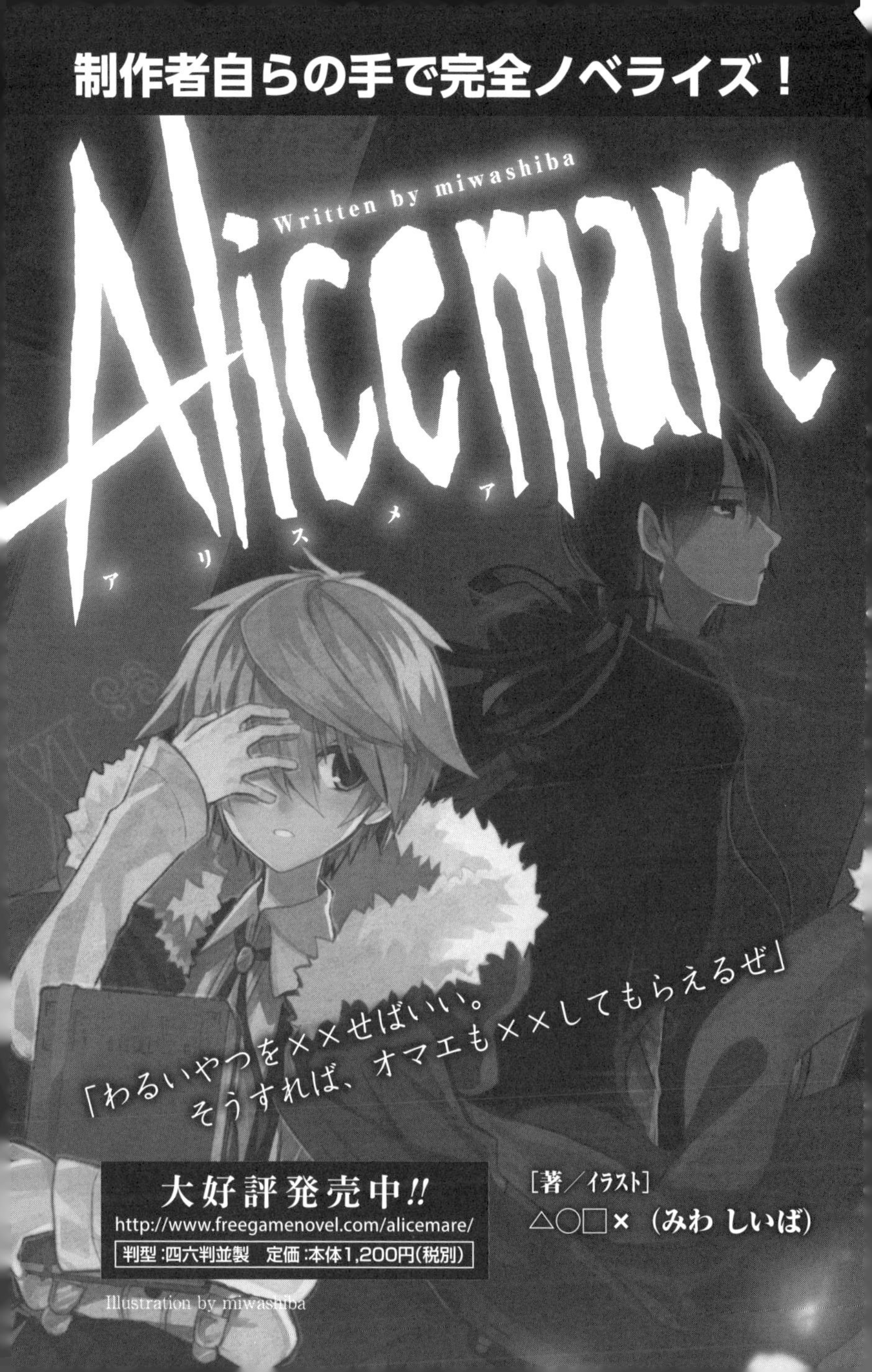
制作者自らの手で完全ノベライズ！
Written by miwashiba
Alicemare
アリスメア
「わるいやつを××せばいい。
そうすれば、オマエも××してもらえるぜ」
大好評発売中!!
http://www.freegamenovel.com/alicemare/
判型：四六判並製　定価：本体1,200円(税別)
［著／イラスト］
△○□×（みわ しいば）
Illustration by miwashiba

●原作
株式会社 SEEC

●著
狐塚冬里

●イラスト
リウイチ

●デザイン
株式会社サンプラント
東郷猛

●組版
株式会社 RUHIA

●プロデュース
小野くるみ（PHP 研究所）

『笑わない少女と異形のサーカス』とは
株式会社ＳＥＥＣより 2015 年 12 月 11 日にリリースされた、iOS/Android 用アプリ。心を傷つけられ居場所を失った少女・ノアが、「人間になり損ねた者たち」が集うサーカスに迷い込み、異形の姿をした団員たちと交流を重ねていくダークファンタジーゲーム。ノアを導く異形の団長・オッドマンの衝撃的な過去や、団員たち一人ずつが秘めている想い、そして彼らを取り巻く独特な世界観が話題となっている。
小説化を記念して、オッドマンとある女性の過去にスポットを当てたスピンオフアプリ「シェラー闇に咲く一輪の花ー」（iOS/Android）も 2017 年 3 月にリリースされ、さらなる盛り上がりを見せている。

笑わない少女と異形のサーカス

2017 年　5 月　12 日　第 1 版第 1 刷発行

原作　株式会社 SEEC
著　狐塚冬里
発行者　岡 修平
発行所　株式会社 PHP 研究所
東京本部　〒 135-8137　江東区豊洲 5-6-52
文藝出版部　☎ 03-3520-9620（編集）
普及一部　☎ 03-3520-9630（販売）
京都本部　〒 601-8411　京都市南区西九条北ノ内町 11
PHP INTERFACE　http://www.php.co.jp/
印刷所　共同印刷株式会社
製本所　株式会社大進堂

ISBN978-4-569-83553-2